石窟河的述说

透亮·乡音—蔚蓝·记忆—黑白·哲思—土色·记忆

曾志雄 著

百花洲文艺出版社
BAIHUAZHOU LITERATURE AND ART PRESS

图书在版编目（CIP）数据

石窟河的述说 / 曾志雄著. -- 南昌：百花洲文艺
出版社，2022.7

ISBN 978-7-5500-4708-2

Ⅰ.①石… Ⅱ.①曾… Ⅲ.①散文集－中国－当代
Ⅳ.①I267

中国版本图书馆 CIP 数据核字（2022）第 071036 号

石窟河的述说

SHIKU HE DE SHUSHUO

曾志雄　著

出 版 人	章华荣
责任编辑	蔡央扬　郝玮刚
封面设计	肖景然
制　　作	书香力扬
出版发行	百花洲文艺出版社
社　　址	南昌市红谷滩区世贸路 898 号博能中心 A 座 20 楼
邮　　编	330038
经　　销	全国新华书店
印　　刷	成都兴怡包装装潢有限公司
开　　本	880mm×1230mm　1/32　　　印张　8.25
版　　次	2022 年 7 月第 1 版第 1 次印刷
字　　数	170 千字
书　　号	ISBN 978-7-5500-4708-2
定　　价	48.00 元

赣版权登字　05-2022-71

网址　http://www.bhzwy.com
图书若有印装错误，影响阅读，可向承印厂联系调换。

小　序

　　因为深爱故乡，所以喜欢写故乡，而且特别喜欢写故乡的母亲河——石窟河。

　　也许有人会问，你的故乡和石窟河真的有你笔下描述的那么美吗？或许你还会认为我是因为"敝帚自珍"而言过其实了，但是我在想，纵使如此，你也应该能够理解。因为作者有责任叙写铭刻于内心的故乡厚重的历史和强烈而真实地呈现出来的越来越美好的现实，也有责任告诉人们心中的希冀和期待。虽然这里有文化人自以为是的癖好，但也许这就是文化人最难能可贵之处——愿意也许是主观地说出理想化的社会状态，并将心中的梦一一诉诸笔端，让阅读者领悟和接受，继而因心仪而急欲体验而向往之。

　　近几年，我尝试从更广阔更纵深的视角和相对"真实自我"的笔触去写现实视听里获得的表象，尽量避免在单一线条的"一事物一抒怀一感悟"的平面写作上"转圈"。尝试着写些内在的能在生活的地表"扎"得住脚立得起来的社会立面和历史纵向的东西，或者说将历史印记、生活哲理，以及相关的知识糅合在所听所看所感之中，以求获得现实生活中的直觉与内心世界相融合的真实表达。

至于主题，我始终欣赏先贤曾子回答孔子的那句话："暮春者，春服既成，冠者五六人，童子六七人，浴乎沂，风乎舞雩，咏而归。"淡然而平和，那是唯有盛世才能拥有的生活环境，才能够达到的理想境界，也是我最向往的社会生存状态，我想今天应该就是了。也因此，我庆幸出生、生活在这样一个国度里——无论是深厚的历史文化底蕴还是今天生活的幸福安宁，都值得我们感恩和珍惜，这是出自内心的想法。

当然，这一切都是在听过石窟河的述说以后产生的感悟。

目录

透亮·乡音

石窟河的述说

　　石窟河会向我们述说一切：那些由历史细节堆叠起来的故事和传说，那些水流深处藏匿的秘密，涟漪里暗含的深意以及流淌在岁月里的沧桑和感叹……

　　有多少人生从水面掠过，有多少史实被流水记忆。也因此，我们不能只以自然景观的角度去看待石窟河，它不只是故乡以外的外部世界，而是我们身体和生命的一部分，它以自己独特的方式参与人类生活，述说历史变迁，并因此而刻下不可磨灭的印记。

　　是的，只要我们沿着故乡古老的石窟河行走，多情的河流会将记忆之窗打开，内心随之泛起既沧桑又欢悦的感怀……

　　向历史的深处回溯，我们从连绵不断的波纹的暗示里寻回那些已经消失的时空，让往事明亮起来：据清嘉庆举人黄香铁所著《石窟一征》记载，石窟河之名始于明末，当时江西、福建等地食盐均由广东输入，运输极为困难。明万历十一年（1583）初，镇平（蕉岭县前身）县令廖汝醒与黄郁桂等官员倡议扩宽原有河道，凿石通航……又因蕉岭县城东北约十五里的地方多石窟，且形状奇特，故明末称镇平县为石窟都，把境内凿通的河道命名为石窟河……

流淌着历史情怀的石窟河与支流高陂河、广福河、柚树河、徐溪河、石扇河、溪峰河，以及如叶脉般的大大小小的溪流携手缓缓流入梅江、韩江，最后注入大海。河流在历史时空里造就着独特的石窟河文化，包括山水、村庄、人文历史、科学、宗教、传统文化、哲学等方方面面的内容，而重要的是石窟河自古就充当南盐北米贸易的"水上丝绸之路"、通往东南亚乃至世界各地的经济文化交流之路，革命战争年代更是连接中央苏区的红色交通线。

在水域地图上，石窟河像一条明亮的水线，蜿蜒着由北而南，碧蓝的河水贯穿整个蕉岭县域，它将城市和乡村分割在东西两岸。河水在时空里流淌，流向哪里，哪里就有山岭、田野、人家、村落、祠堂紧紧跟随。它们像挂在水线上的一粒粒颜色各异的珠子，分布在石窟河两岸，而每一粒珠子都有一个与河文化相关的好听的名字：长潭、新泉、白马、高陂、神岗、陂角、黄田、湖谷、龙安、三圳、河西、五湖、九岭、尖坑、长江、金沙……每一处地方都充分表达着河水润泽的共性：山峦苍翠，云烟缭绕；溪河澄碧，清流见底；旷野田畴，意趣天然；城镇村落，安静祥和；晚霞拂波，鸥鹭齐飞；暖阳掠水，沉鳞竞跃……

如果我们把地图的比例放大一些，会看到石窟河与大自然共融着、存在着的如经纬线的网状脉络——除了蜿蜒曲折的河流，整个水域还出现绿潭、溶洞、飞瀑、流泉、湿地、池塘……它们共同构成石窟河透亮的水的世界。石窟河串联起来的山岭、田畴、市镇、乡村经过千百年的浸染显得祥瑞而温馨，又像客家山歌那样随性而多情。

河流两岸成为客家始祖的聚居地，他们从中原迁徙而来，择水而居，每一个自然村落往往居住着同一姓氏，他们在这里开荒拓地，建宗祠、围屋、居室。河水流入村庄，水井、水塘、水渠就散落在村子内部和周围，所有村落的建筑都由水的特性决定着，所有细节都合乎水的秉性，水以最大限度介入人们的生活，使村落变得洁净、明亮、润泽、恬淡。

善良纯朴的蕉岭人祖祖辈辈享受着大自然的恩赐，与河流共生共存、相亲相伴，人们在这里锤炼自己特有的生活艺术和生活哲学，打造客乡、寿乡独特的性格和品质，在这里耕作、读书、创业……守着一份家业，过着平实安稳的日子。

蕉岭人向蓄积着灵气神韵的河流汲取养料，融入血液，锻炼出充满生气的筋骨，融汇成勇敢、智慧、勤劳的气质和爱国爱乡、热爱生活的精神内核。石窟河用它温情的乳汁培育出众多客家英才：宋代嘉应州首位进士蓝奎；上书诚请开设镇平县的赖其肖；明末清初抗清志士林丹九；清代"铁笔御史"、书法家、诗人钟孟鸿以及享誉"五代文武科甲""一门四鼎甲"的钟氏家族；编辑第一本蕉岭地方志的清代诗人、方志学家黄香铁。作为红色苏区，革命战争年代更是培育了徐持、钟慕光、钟占文、张宏昌、邓崇卯等一大批"甘洒热血写春秋"的中国共产党党员。还有声播四海的"抗日三英杰"——诗人、学者、教育家丘逢甲，抗日志士罗福星，抗日英雄谢晋元。以及内科学与血液学家、主持建立中国第一个输血及血液学研究所的内科学及血液学家邓家栋，囊括"菲尔兹奖""沃尔夫奖""克拉福德奖"三个世界大奖及证明"卡拉比猜想"的国际数学大师丘成桐，现代著名诗人野曼，中国工程院院士吴清平……

我不知道石窟河中是否沉没过枪炮剑戟，但历史长河中确曾有过一些政治变局的掌故：相传南宋末年，文天祥抗元兵败，退入广东。一日经过长潭鸡公山，梦见南宋幼主惨被元兵追杀，惊醒后痛哭不已，泪水化为种子，渗入土中，后来就生长出了竹子。清末爱国诗人丘逢甲曾作诗咏叹："乡乡都建相公祠，犹见遗民故国思。欲向梅畲寻卦竹，满山红处立诗碑。"全诗表达了人们对民族英雄文天祥的崇敬之意。抗清义士林丹九兵败后，在长潭一线天投石崖而死，留下遗诗一首："负崖依险聚苍生，心似长潭一样清，任是史官编不到，自有云林道孤贞。"

然而，石窟河又是幸运的，人们都说蕉岭是一块福地，据史料记载蕉岭从未有过大的自然灾害，大自然的眷顾让它过得格外平顺和畅；日本兽蹄曾踏上梅县猴子崀，却因太平洋战争爆发而没有来得及进犯蕉岭……

石窟河从自己的历史中得到了足够的恩惠，也从不断发展中获得了更多的自身价值。如今，石窟河正在淡雅的水墨画中泼染丰富的色彩：一幢幢高楼追赶着现代都市格局，一条条街道正赶往蕉岭人的梦想。镶嵌在碧水蓝天中与绿色世界里的山城，处处绽放着诗意，见证着人们的快乐和幸福。

从山城出发，无论往哪一个方向走，石窟河两岸的新农村画面都会让你惊奇……一村一品、一村一业，乡村振兴灼热温度点燃了村民的希望。沉默的乡村生意盎然，围屋和洋楼，柏油村道和石砌路无缝对接；古与今，旧与新，传统文化和现代文明在笔墨中互相印证；一条条城市气息的道路正赶往稻海，灰色和金黄，让思绪日夜兼程……

值得写上浓重一笔的是，这条孕育了蕉岭人祖祖辈辈的河流，中华人民共和国成立后的几十年里，10座现代化大桥替代了千百年来存在着的几条简陋而狭窄的小木桥，它们将两岸连接起来，像巨大的脉管与河流一起构成生命经纬线，脉管里流淌的是蕉岭人实现梦想的喜悦和对祖国的感动。

河水从桥洞流过，仿佛在述说河流的古今。蜿蜒的河水，灰白色的桥梁与两岸的山岭、田野、村庄紧密融合在一起，大自然与人文景观构成石窟河上的旖旎风光。

到了夜晚，桥上的装饰灯，两岸的路灯，城市和乡村的霓虹灯、照明灯，在河水引导下，汇成灯的长龙、光的世界，它们以光明的生命向人们展示深层的象征意义。

是的，石窟河的变化让我沉醉，每一次相见，都让我为它的发展和神奇美丽感到新奇、惊叹、激动……每一次回到它的怀抱，都会有温暖暖湿漉漉的日子在等候着我……

岁月流逝，许多掌故已经散落在河水上面，随流水远去，但石窟河始终流淌在蕉岭人的内心深处。

如今，石窟河在磅礴的主题下演绎着一个个全新的方程，敲打出一首首崭新的诗歌，它正打开宽阔的胸怀，热情迎接四面八方的好友宾客……

长 潭 明 月

　　生活中经常会遇到这样的情况，当某一个细小节点碰触你的视听，深藏在内心深处的记忆、思绪、情怀便会突然翻卷出来，让你因往事的感动而战栗，因时光的萎谢而难以释怀。譬如每当听到《长潭明月》这首歌，我就会潸然泪下，会从浓浓的怀旧情绪里获得湿漉漉的乡愁。

　　这首歌最初打动我的并不是整首歌曲，而是一位朋友下载在手机上的铃声："长潭，明月哎，明月哎"，那是我第一次听到这个乐句，当时，我的眼眶瞬间湿润了。这一个瞬间，与其说是一种莫名的不能自已的感动，不如说是一次心灵的震撼，一种突然间产生的对故乡的深深思念和依恋：短促而舒缓但又不断反复的乐句多像是母亲呼唤远行的儿女，它穿过千山万水，回到梦中的故乡，让我想起居住在老家的母亲。圆月之夜，也许，母亲正遥望着窗外的明月等候我的讯息……

　　美丽的长潭是故乡的代称，明月是怀远、思乡的象征，歌曲以这样特定的印象、深刻的意象进入高潮，在主歌蓄势满满后站在高处以呼唤式的歌词，旋律简洁而直接明确地诠释内心深处对故乡的真情实感，引发游子的思乡之情。长期蓄积于梦中心中爱恋中的情绪被长潭明月呼唤出来，长潭明月这个缥缈于夜色中的虚幻意象突然间变得结实，提炼出来的思乡情绪被拿捏得如此准确，仿佛遥远的家乡就在心头就在眼前就在脚下般真实可信。

也因此，我喜欢上了这首歌，并很快从网上下载歌曲放在收藏夹里，时不时播放出来听听，每每都会因思念故乡及远在故乡的亲人让泪水恣肆汪洋一番，再后来便产生了为它写点什么的急迫心情。

然而，我仍然酝酿了许久，创作情绪是有的，而且很强烈，灵感也在笔端蠢蠢欲动，但总是拿不定主意，因为我不知道应该从哪个角度入手，感触太多了，最后还是决定从乐曲写起，因为这首歌的乐曲部分让人太难以忘怀了。《长潭明月》的旋律以婉转抒情的长潭客家山歌曲调为基本元素，以小调式舒缓的慢版融和、透明、真情地呈现内心。它的音乐动机和音乐情绪平缓自然，主歌的旋律始终在"八度"之间缠绵，纵使是高潮以后进入副歌也很舒缓，像月夜款款私语，柔情似水，像亲人的叮咛又像情人的呢喃……乐音仿佛是从月下的长潭水面上"出水芙蓉"般慢慢浮现，在雾中缓缓地打开，像幻境，像仙境，情深深，意绵绵。一处处梦中的风景，一张张熟悉的脸孔，一件件感人的往事，一句句缠绵的情语……随着乐音飘动、摇曳、辗转、回旋。甚至，所有尘封的记忆——痛苦、彷徨、幸福、欢乐……都在一而再再而三的呼唤中纷纷抵达。

只消听乐曲，一连串的"问"或"自问"便会随泪水奔涌而出：年老的父母近来可安好？故乡的亲人们都还好吧?！故乡变化大吗？久违的老家还认识我吗？……

一切都是那么真实可信，有人说：也许有文字的音乐可以骗人，但纯粹的没有文字的乐曲是不会骗人的，它的真实会随音乐的流动而流露。

我还感受到：故乡永远是艺术生长的土壤、空气和阳光雨露，故乡原生态的艺术素材更是艺术创作的源泉和根本，以质朴温情的客家山歌曲调作为歌曲主要元素，非常准确地将客家人的谦和、善良、孝顺、思乡情怀表达出来。

其实，《长潭明月》的歌词和曲调也融合得恰到好处，歌曲由著名音乐制作人、词作家李广平作词，著名作曲家李昕作曲，客家歌手赖惠英首唱。歌词独具长潭山歌质朴浅白，意境幽远的语言风格。据历史记载，长潭山歌最早出现在清乾隆年间，代表作品《长潭行出公王陂》："长潭行出公王陂，一阵鲫鱼一阵鲤。鲤鱼无食叔叔钓，捏撒肚肠丢撒渠。"歌词通过运用隐喻和借喻。前两句描绘了蕉岭长潭水被微风吹拂时，荡漾出一阵阵涟漪，河水中鲫鱼和鲤鱼在悠闲嬉戏；后两句是用"垂钓"来借喻表现男女青年在追求爱情时的美妙情景。

同样，《长潭明月》质朴抒情的歌词和柔情似水的旋律中隐藏着客家人的朴实、真情、忠诚和坚强，比兴和象征手法运用得恰切圆融。

山朦朦，水依依

梦中的竹笛为你吹起

长潭湖的明月下

清风阵阵把时光梳洗

藤是我，树是你

古老的山歌为你唱起

明月下的长潭里

我们一起把童年寻觅

长潭，明月哎，明月哎

你是一腔写不尽的相思意

长潭，明月哎，明月哎

你是一首听不完的相思曲

长潭明月，简洁明了的意象，却让人产生丰富的联想和想象，并且非常鲜明地把相思的主题表达出来。月是长潭的月故乡的月，更是潜藏于心中的梦中的故乡明月。"山朦朦，水依依，梦中的竹笛为你吹起"，还有必要再说什么吗？这是我们熟悉的景，熟悉的情，熟悉的时光，是别梦依稀却刻骨铭心的儿时记忆；"藤是我，树是你，古老的山歌为你唱起"，星移斗转，物是人非，时光被清风"梳洗"，童年趣事和少年爱恋的情节渐渐远去，而长潭明月又把所有的故事叙述出来，让我们无法度量它究竟替我们收藏了多少记忆多少真情多少乡愁。

歌曲引出的画面是动情的、震撼的、扣人心弦的。那层层叠叠的山温水软，浓浓相思，写不尽，听不完，旋律不断延伸，相思怎能停息得下来呢！

感情的累积已经到了非尽情抒发不可的境地了，歌曲也随着波浪式发展推向高潮推向浪尖。词曲作者在副歌部分安排了歌词和旋律的连续反复和隔行反复："明月哎，明月哎……"既是游子呼唤故乡的明月，又是故乡明月呼唤远行的游子，相互的无穷无尽的牵挂、眷恋，乐曲情绪将彼此的绵绵相思表达得淋漓尽致。细细聆听，细细联想，难道不会"独怆然而涕下"吗？

是的，这是一腔写不完的相思意，这是一首听不完的相思曲，这是将历史时空不断拉宽拉长的艺术意境。

听这首歌，梦中的家乡瞬间展现眼前，近在咫尺，寒温带热，可触可摸。歌曲的灵魂感染着，促使游子急急地收拾好行装，"即从巴峡穿巫峡，便下襄阳向洛阳"。

听这首歌，最好是人在天涯，一首离歌，穿越万水千山，让雁阵摇曳……"仍怜故乡水，万里送行舟"，家乡给予我们的是那牵惹心魂拂拭不去的动人情怀。

听这首歌，最好是夜半时分，万籁俱寂，圆月当空，"露从今夜白，月是故乡明""独在异乡为异客，每逢佳节倍思亲"，因此而产生刻骨铭心怀念家乡的心绪……

是《长潭明月》给予我更丰富的思乡情怀，每当听到这首歌，我似乎总能听得出石窟河潺潺流动的牵动归心的水声，好像总能闻得到两岸旷野里散发出久违的泥土和稻麦果实的清香，仿佛总能看得见村头翘首以盼的白发亲娘，听见河岸草地上充满爱恋的呢喃细语，仿佛总有一阵阵"哥哥归来"山鸟深情的鸣唱在睡梦中绵延……

　　长潭明月，重复着故乡记忆的使者，此时此刻，我真的不知道有多少梦多少相思多少乡愁集结于此……

　　呵，长潭，明月哎，明月哎……

长潭的野鸭子

人往往就是这样，常到一个地方，熟悉了那里的一切，虽不能说那里就是自己的第二故乡，但在潜意识里仿佛早就已经心许了。于是，一旦有人提起，便会滔滔不绝起来，有时甚至还不容许别人知道得比自己多，总会显摆起"什么地方你知道吗？""什么地方你去过吗？"等等的话语来，或许还会因此而争论一番，大有阿Q跟王胡比赛"咬虱子"那种心态和语气，生怕那些熟悉的地方很快就会被别人的语言占领了去似的。

长潭景区就是这么一个地方。景区离县城很近，开车十分钟左右便到了，景区内除坐船游潭以外，其他景点均是不收费的，所以每每有空闲，特别是周末，无论城里人还是乡下人都喜欢到那里去休闲散步、游览观赏。人们或倾听风吹木叶的声音，或观看青山绿水的画韵，或贪婪地呼吸着负氧离子……因为出行方便也因为景区的风光迷人更因为内心能够获得足够多的愉悦，景区成了寿乡人乃至外乡人经常亲近的"网红打卡点"，甚至迷醉于它为它作诗作画写文章摄影的"超级粉丝"也大有人在……

的确，长潭是一个观景、休闲的好去处，但它对于我是远不止于此的，长潭更是一个能让我安静思考和创作的好地方。是的，它以它丰富的素材和浪漫的诗意赐予我太多的灵感和思索，可以这样说，长潭是我的文学创作的"素材库"和"原动力"，这里的一切物象都能让我在视听里感受出文学和生命存在的触点与动情点，也能让我每一次的"光临"都有所收获甚至满载而归。

当然，今天也不例外。

季秋，周末，在梅县工作的大舅哥邀我们夫妇到长潭景区的一个朋友家做客，因为梅县到蕉岭有一段距离，我们便先动身。我们计划好开车到澳洲山庄，然后沿着蜿蜒潭边的山路散步。上车前，妻子郑重其事地跟我约法三章：决不能像往常一样，在路上看见或听到什么新奇的事物就突然停下来，站在那里像灵魂出窍一般，全然不顾别人的尴尬……

妻子是对的，现在想来，几乎每一次到长潭游玩，我好像都是带着目的去的，以至于总在行走间心不在焉，甚至可以说有点神不守舍。为了给妻子一次真诚的"补偿"，我爽快地答应了，路上还特意搜刮了一些藏在"箱角"的笑话让她快乐。虽然有好几次的确又有点"走神"，但终究被理智控制住了，我不敢再"言而无信"。直到经过一处水湾时，我的双脚突然被眼前鲜活的画面"钉"住了，像"中了邪"似的……

潭面上竟然有好几十只野鸭子！

突然想起现在已经是季秋了，迁来南方过冬的野鸭子们在享受着南国的温暖……它们并没有因为我们的到来而惊怕，仍旧自顾自快乐地在那里游泳、嬉戏。它们轻柔地在水面上徜徉，或沉入水中，或浮起潭面，或偶尔在水面上窜一道划痕，或扇起翅膀飞一个小段落。它们和和睦睦地相处，像一个特别大的家族，又像一群天真活泼的孩子，一起游戏、觅食，悠闲自在，无拘无束……

我转过头来准备告诉妻子心中的喜悦时，她却不见了，也许她又一次受不了这种失信的"背叛"，到林子里去呼吸她的"负氧离子"了。

来不及解释了，内心虽然有一些歉疚，但眼前的景色又紧紧地抓紧了我，索性找了块草地坐了下来，而且迫不及待地在手机上查起"野鸭子"的资料来。国学名师李山教授在《李山讲〈诗经〉》一书中引经据典分析《诗经》第一篇《关雎》中的雎鸠不是鱼鹰而是野鸭子，虽然中学语文课本里一直都笼统地解释为"一种水鸟"，今天我倒是有点赞同李山教授的观点的，也许是眼前的景象左右着我的情绪的原因吧……古代传说这种水鸟永生相伴，在诗中代表男女双方相爱至死，永不分离。可见野鸭子不但在文学作品里出现得较早，还具有坚贞爱情的象征意义。更何况还有王勃的《滕王阁序》中"落霞与孤鹜齐飞，秋水共长天一色"的千古佳句佐证。不过除此之外就查不到极值得挖掘的其他含义了，然而，我并不失望，因为我已经有了由野鸭子引出的思考了，更何况野鸭子们也没有责任承载太多……

我和野鸭子们就这样"友好"地相处着，它们玩它们的，我看我的，我想我的。忽然感悟到，如果每一个人共同生活在一个舒适、安全、平等的环境里，在一定的规矩约束的前提下，按自己的方式生活着，人和动物也以各自的方式生活着，就像现在，不受任何干扰地让生命与生命相互交流抑或用自己的方式与自己的生命交流，没有居高临下和仰人鼻息，没有指鹿为马和尔虞我诈，没有等级观念也没有职场规则，任何人都能获得足够的尊重和信任，任何事情都能合乎规则地得到公平公正对待，这样的生活环境和生存状态也应该算是最高境界的了。

思绪在宁静的环境里继续飞翔着——我总觉得社会环境影响着自然环境，影响着世间万物对自己的生活环境的认同和生存状态的满意程度。如果说，美丽的风景和旖旎的风光是大自然的赐予，那么人类与自然要达到高度和谐统一应该是关乎人类方面的因素会多一些吧！

记得很早就读过屠格涅夫的《猎人笔记》，开篇的第一段就出现"守株待击"这个生造词语，作者解释一番后，落脚点在猎人静静地等待伏击山鹬这种水鸟的情节上，我仿佛看见猎人那双鹰隼般的眼睛正盯着山鹬，随时准备着那致命的一击……

这样的场面我是有过经历的：傍晚，和堂叔带着猎枪到石窟河上打野鸭子，堂叔是当地有名的猎手。我们伏在河岸的草丛里，等待野鸭子完成觅食工作以后的慢慢归巢。这时的野鸭子是最没有警惕性的，一是"酒足饭饱"后，因为心情太好而导致"忘乎所以"，二是紧绷了一天"防弹防捕"的紧张情绪刚刚开始松弛下来。当然现在是不能猎捕这些保护动物的了，但在那个年代，为生存计，几只野鸭子可能就是一家人一天的口粮。这样物资匮乏的社会大环境下怎么可能饿着肚皮去大谈"保护"，大谈"意识"呢？物质文明可是精神文明发展的基础啊。也许我们只能用"不得已而为之"来解释那段历史，那种有悖于人类善良的行为，甚至因此而产生的不那么好的思想。

再回到野鸭子身上，试想，一天到晚都要时时刻刻"眼观六路，耳听八方"，都要在惊恐异常或非常压抑的环境和心境中过日子，情何以堪，并且它们还是特别"敏感"的小精灵。倘若如此，何来今天这潭面上野鸭子的悠闲自在，又何来我这个"闲人"与野鸭子的相安无事和无忧无虑呢。不用说，我又联想到了现实中的人生。

我看过有关电影《八佰》中白马象征意义的诠释：白马首先是一种"活着"的存在，在抗日战争那样的大背景下，安排一匹白马的出现，给了生活在水深火热中的人们"生"的希望。当看到白马的时候，人们还能观照自己，一种"生"的动力油然而起。白马奔驰在炮火当中，更让人激情满怀，所有的目光都盯在奔腾的白光当中，它是顽强生命力的象征，是人们活着的希望。当然在我的情感观照中，它还象征着纯洁，象征着英勇无畏，象征着正义的化身……

我突发奇想，如果，我说如果，电影画面的苏州河上放几只悠闲或惊恐的野鸭子，反衬或正衬子弹横飞、硝烟弥漫的战争场面，会是怎样的效果。我不知道，战争年代野鸭子的悠闲和清静是否存在过。又或者让野鸭子来一点爱情的意义，哪怕牵引出一封情书一段情话……如果加上这样的细节，电影的主题和艺术应该可以增色不少……

我为野鸭子鸣不平！也为长潭的野鸭子……

野鸭子们在水面漫无目的地游着，我在岸边漫无边际地想着……静静的背景里，一幅素雅的长卷在水面摊开，野鸭几只，芦苇若干，红枫倒影，风拂微澜……有一个人坐在水边，胡思乱想……

甚至，在水面上自由地平躺着

像野鸭子，不管风和阳光

不管声音嘈杂波浪大小目光异样

不管，昨日的忧烦明日的茫然

心和水托着今天

身体悬空

与自然保持平衡

而后，像一个睡中之人

随梦的涟漪

起伏徜徉

虽然，"终究"这个词终将它们和我们引向人生的最终，它们的归宿也和人类一样，但它们曾经在这宁静的环境里，不受任何俗事的羁绊，不受浮躁的氛围影响，以它们的方式快快乐乐地、自由自在地生活过，享受过生命中的诗意与纯净，如此，足矣！

瀑布的力量

初春的一天早上，雨后初霁，空气清新，便与几位好友相邀游览长潭景区内的"一线天瀑布"。长潭景区离县城并不远，城里乡里的人有空闲特别是周末假日都会到那里观景、散步、钓鱼，甚至纯粹到"天然氧吧"里吸吸氧，或者几家人或几个朋友租一条船游览长潭。不过，初春特别是在春雨后观赏一线天瀑布，于我，应该还是第一次。

沿石窟河溯流而上，也许是大清早的原因，或者是春雨后刚刚放晴的原因，灰白的雾气如一面硕大的纱巾，遮蔽着双眼。一切都是灰蒙蒙的，山路两边的树林静默着，小草慵懒地披散在水渍渍的溪流两边，偶尔从树林深处传来一两声单调的鸟鸣，却也还远远构不成初春的意境。

我们凭着往日的印象在山路上寻找瀑布的踪迹，可它依然躲躲藏藏，只有远处高耸的山峰在氤氲里时隐时现。我们为今天不适时的出行而懊恼，转过一个山弯，要是以往，这里应该可以远远望到瀑布的了，但眼前却仍然是一阵阵浓密的水汽，它们像舞动着的上下翻飞的白纱，不大友善地扑向我们；初春薄薄的寒气也随水汽不断向我们逼来，我忍不住打了个寒噤。只是这时的流水声却从灰白的雾气深处隐隐约约地响动起来，这是我到一线天瀑布很少有过的体验："不见其形但闻其声。"声音虽然不是很大却也汩汩地连绵不断，像要不遗余力地穿过飘动的雾气，告诉我们这就是初春的一线天瀑布，也因为如此，我们仍然在雾气中一边高高低低地前行一边领略瀑布朦胧的神秘力量。

再往前走，逐渐，流水的声音越来越大，薄雾和水声的完美配合，让我们的视觉和听觉获得享受。周围的一切物象瞬间有了生气，树林在水声轻唤中清醒过来，群鸟伴着水声啼鸣，雾气虽然逐渐单薄，却也缠绵地依恋着，久久不愿离去。一切都配合得那么自然清新又恰到好处……

"断山疑画障，悬溜泻鸣琴。"用王勃的诗句来形容瀑布的当下应该是不错的。王勃是初唐四杰中最擅长写五律和五绝的诗人，他的这两句诗形容瀑布如动听的琴音、婉转的诗意力量，耐人品味，最是这温柔、轻盈、诗意盎然的力量才更扰人心绪，摄人心魂。

朋友们的情绪一下子被调动起来，气氛也突然热闹起来，平时会"酸"几句诗文的朋友便有点按捺不住了："雨雾翻飞新绿叶……""飞流叩石抚清声……"他们正在一句一句地诗歌接龙了。而我，并没有加入到他们中间去，我在浓密水汽的包围中平静下来，闭上双眼默默聆听着那渐渐清晰的水流声，这是难得的静静思考的时候。倏忽间，水流声轻轻撞击着我的记忆，它是那么熟悉，我在心头寻找着——这不是母亲的声音吗？是的，这是母亲深夜在床前充满爱意的呢喃，这是儿行千里时母亲一句句深情的嘱咐，这是从听筒里传过来的一声声温暖的叮咛……这声音在梦里重复过很多次……隐藏在内心的思念被水声翻拣出来，瀑布表达着的一种母爱温情的力量，深深地抚摸着我的思绪，伴着水汽和眼泪走进心里……

继续往前走去，山路在瀑布前断了，但我们的情绪却在瀑布的轰鸣中泛滥……雾已经渐渐散开，向群山向长潭豁口向宽阔的潭面弥漫，瀑布露出了雨后初晴的面容。抬眼望去，只见一片被春雨洗过的绿色中，两边的悬崖高耸入云，把水流和蓝天挤成一条细线，或许这就是"一线天"得名的成因。瀑布从云天交接处直泻下来，在狭窄的崖壁上冲撞、腾跃；水流冲向突出的岩石，飞溅成一个个巨大的水球，向下滚动，势不可挡；石崖上垂挂的藤蔓和崖下的小树在飞瀑中摇晃、俯仰；溪边深绿的水草，在湍急的水流里扭动、挣扎。豆大的水珠扑面而来，我几乎睁不开眼，湿漉漉的空气里有一股无形的澎湃的力量在震撼着我，激动着我，让我产生努力奋斗的冲动和创造力。这时，太阳的光芒照射在奔腾的纯白色的瀑布上，一道彩虹弧跨在巉岩两端，似一座舞动着的七彩的桥，色彩斑斓，鲜艳夺目，四周的光影千变万化，沸腾的水珠熠熠闪光，好一幅壮美的春日瀑布图，美极了，妙极了！

这是美术和音乐两种艺术形式的高度融合，是丰富色彩和优美旋律融汇一起的艺术力量。此刻朋友们肯定和我一样激动，因为他们已经迫不及待地把呈现着力与美的初春一线天瀑布摄入镜头。

我也想在瀑布前留个影，便将手机交给朋友，刚转过身，却被山下的景色迷住了，我痴痴地看着远处，一时间竟忘了正在拍照。

山脚下蜿蜒的石窟河和广袤绿色的田野、高楼林立的山城错杂地交融一起，汇集成一幅广角的流动的画面，而奔腾的瀑布的声音正好合成盛大的和声，我便听到了一首充满激越力量的故乡春天交响曲。是的，每次回到老家，我都会被故乡的巨变所感动——特别是近几年，故乡正在美丽蝶变：一座座新城拔地而起——桂岭新区、长寿新城、长潭新区……现代化城市的气息越来越浓，将古老的石窟河装扮一新；变化最大的应该是乡村，美丽乡村建设正红红火火，到处是新的村落，新的道路，乡村里的公园，一幅幅画面让我惊叹。围屋和洋楼，柏油村道和石砌路无缝接染；旧与新，古代与现代，在笔墨中互相印证；一条条城市气息的街道正赶往稻海，灰色和金黄，让思绪日夜兼程。贫穷、落后、破旧的乡村已经成为记忆……这是春天里的故乡，故乡人用智慧和勤劳的力量垒砌起来的繁荣景象让我们无比骄傲。

而让我感慨的还有瀑布的另一种歌唱，轰轰隆隆的水声震耳欲聋，如一个伟大生命的呐喊，如一部铿锵乐章在演奏。"虚空落泉千仞直，雷奔入江不暂息"，是的，这就是英雄的声音，这是不屈不挠振奋后人的力量。巨大的轰鸣声里，我分明听见明末清初的民族英雄林丹九因哀伤国事跳崖前悲壮的呼号："负崖依险聚苍生，心似长潭一样清，任是史官编不到，自有云林道孤贞。"一线天是长潭八景中唯一流传着民族英雄故事的景点，谷底的血斑石和美人蕉的美丽传说在悠悠岁月里诠释着英雄的故事。可以这样说，一线天因其雄奇瑰丽而列入名胜，更因民族英雄林丹九的壮烈悲歌而载入史册。

一个绚丽的春讯在引领着我，去结识一线天瀑布那壮美的生命和伟大的力量，生活中的迷茫、彷徨、失落、感叹在此刻变得如此渺小，我，庆幸这次春游。

面对这一切，我还在想，如果我们单纯从自然造化的角度去游览"一线天瀑布"，那么我们只能领略到它的瑰丽和神奇，而与它内在的灵魂和精神失之交臂，更无法感受它的力量。诚然，我不能强求每一位游览者都有同我一般的感受，但只要从如春天般温情而蓬勃的生命角度去鉴赏它，就一定能获益良多的了。

八月，桂花香满城

八月，应该是果香、菊香的季节，可对于以"桂岭"为别名的粤东北小山城——世界长寿乡蕉岭来说，却是"桂花香满城"了。

真的，如果你是专为寻找桂花香而来，八月，来寿乡蕉岭绝对不会错的。接近农历八月，山城的桂花就迫不及待地开了，先是枝叶间冒几朵小黄花，像一撮撮黄色小蝶隐约于绿叶间，"雨过西风作晚凉，连云老翠入新黄"。很快，淡淡幽香就会随秋风飘送过来，虽说是幽香，那种暗香浮动却也足够让人心旷神怡的了。

虽然自从北宋林逋"疏影横斜水清浅，暗香浮动月黄昏"咏梅名句定性以后，"暗香浮动"便作为梅花的代名词，"疏影""暗香"二词，也成了后人填写梅词的调名，但在我看来，八月初开的桂花比梅花更有"暗香"的韵味。不是吗？梅花开在风卷残雪的冬春之交，"斗雪"勇士的象征不言自明，虽然大部分诗句里也有几分婉约，却终究多了些许柔中带刚的成分。我觉得梅花或许更适合彰显凛凛浩然之气的北国，"梅花欢喜漫天雪，冻死苍蝇未足奇"，一代伟人毛泽东的这句诗足以证明梅花的特点。而桂花却是不同的了，桂花生长于南方，自然优雅、柔情婉约的特性肯定多于梅花，够得上含而不露、耐人寻味的风韵，更何况初开的几朵小黄花羞涩在绿叶中，隐隐约约，这种风韵才算得上暗香。就像我，居住在这个南方小山城，倘若哪一天与一位暗香盈袖的妙龄女子相逢于小巷，在桂花香里相视一笑，那种特有的质朴和隐约的香气会让人忍不住频频回眸……也许因此能够写出戴望舒《雨巷》一样美的"雨巷"风格的诗歌来。

等到中秋前后，山城的桂花更像蓄足了劲头似的，热热烈烈地一股脑儿盛开了，这时最恰当的就是用"热闹"这个词来形容。不同品种、不同颜色的桂花争相盛开着：白色的银桂、橙红或褐红的丹桂、浅黄色的四季桂，而这几种颜色的桂花往往都会被掩藏在金黄色的花海里，因为此刻开得最多的应该是金黄色的金桂。一时间——满树的黄，满街的黄，满城的黄；满树的香，满街的香，满城的香。山城成了桂花的世界，整个秋天，甚至初冬，花香缠缠绵绵，浓满山城。

确实，山城的桂花香是不需要"寻"的。在这里久居的人都知道，别说秋天，就是其他季节，在城里的每一个角落都能隐隐约约地闻到桂花香。这是一年四季都开放的"四季桂"和"月月桂"，虽然四季桂和月月桂的花香都比较淡，比不上八月桂的花香浓，但它们的坚持已经让"桂岭"的别称名副其实了。也因此，蕉城本地人绝对不会问："你闻到桂花香了吗?"或者问哪里有桂花。打开窗户，打开店门，走进大街小巷，甚至走进社区或小家独院，处处都种有桂花树，处处都有桂花香。茶室里飘出的是桂花茶香，饭店里烹调有桂花特色菜肴，商店里有桂花膏、桂花饼、桂花酒、桂花蜂蜜……甚至于少女们挂包的香囊里沁出来的还是桂花香。桂花已经融进山城人的生活之中，融进城市的气息里了。

"每逢八月秋风起，山城处处桂花香。"这句客家山歌传唱了一代又一代，究竟是什么朝代蕉岭就被称为"桂岭"而且广种桂花的，好像也难以找到佐证了，就连山城的老辈也说不清楚。我曾经查过一些史料，但都断文缺字的：清时，蕉岭又名桂岭。《郝通志记》：桂岭在城内北隅，旧名蕉岭……清乾隆四十五年（1780），知县周克达建书院于镇山之麓，名称桂岭书院，"后人因称镇山为桂岭"……据黄香铁的《石窟一征》记载："邑号蕉岭书院，独名曰桂岭……按《参鸾录》：'桂林有八桂堂，未至八桂，二三里间有小坡横道，高丈余，上有石碑曰桂岭。'今以此为名，盖以书院据岭之阳，坡厄起伏，隐然如八桂之桂岭，且以桂林一枝，昆山片玉为多士颂也。"零零碎碎的记载让人读之晦涩而且难以深信，倒是著名诗人、教育家、蕉岭中学创始人丘逢甲先生《桂岭书院赋诗二首及序》极好地诠释了"桂岭"的史实，实录如下：

　　镇平城北山曰蕉岭，又曰桂岭，书院所由名也。蕉桂故粤产，今此山乃无萌蘖之存，濯濯者虚有其名矣，若于书院补植以存名实，亦山城一故事也。

一

蕉叶飘零桂叶枯，东归片影岭云孤。

春风桃李新荫满，待补山城种树图。

二

绿天书带月宫香，问字人来满讲堂。

旁岭愿栽千万本，与公他日作甘棠。

"补植"，一个"补"字，桂花过去的繁盛已经让人了然于心了。

与桂花相处久了，便会很自然地联想起它的象征意义来。姑且不去说秋天空旷的季节为桂花预留了足够的空间，就桂花的品格也足以大书特书一番的。桂花之可爱，并不在它的外形和色泽，就这两点而论，桂花是难登大雅之堂的。它没有牡丹的"红紫纷披竞浅深"，也不能与"天下风流月季花"相媲美。它花形细小，颜色单调，花枝层次单一，丹青好手疏于拿它入画。然而，它却以独特的芳香赢得人们的喜爱。有人说，大凡香气浓郁的花"或清或浓，不可两兼"。如夜来香，味浓而不清，重浊得令人掩鼻，不免有"淫邪亵狎"之嫌。而桂花则清浓两兼，清可涤尘，浓可透远。伫立树下毫无重浊之感，数里之外也觉香气袭人。无怪乎人们对其冠以"九里香"之美名……无怪乎清代小说家李汝珍在《镜花缘》中将它列为百花之上品，仅次于牡丹、兰花、杜鹃之后。桂花不以外形和色泽博得名声，而是质朴无华、无声无息地释放自己的芳香，这与质朴的山城人是多么相似，我钦敬的就是这与众不同的品格！就凭这一点，也就可以看出山城人喜爱桂花的端倪了！

我并没有夸大其词，如果你到山城来，你会发现山城和山城人都像桂花那样质朴无华，清香温馨。干净的街道，整洁的商店，宁静的集市环境，现代与传统相融的山城气息，就连店铺招牌、广告装潢都平平实实，毫无矫揉造作之嫌；纯朴的民风，平和的心态，和睦的邻里、同事关系，绝少听到吆喝嘈杂吵闹谩骂之声。甚至于温情的武夷山余脉，温柔的石窟河，清新的长潭景区，乃至山山水水、村村落落，旷野田园，让你好像身处世外桃源，视听里到处是一片温馨祥和的声气。而山城人的笑脸相迎、热情好客又像桂花一样优雅清新，香气袭人。这时，你一定会有宾至如归的感觉。

我们还很容易从中秋前后盛开的桂花联想到中秋月，月是乡愁的最佳载体，特别是中秋圆月。诗人张九龄"海上生明月，天涯共此时"的诗句表达了作者中秋佳节夜不能寐，思念亲人的真情实感；"露从今夜白，月是故乡明"，诗人杜甫同样道出了思念亲人的感慨。万籁俱寂，圆月当空，"独在异乡为异客，每逢佳节倍思亲"，刻骨铭心怀念家乡的心绪便会涌上心头……月圆人圆更是亲人们永恒的祈盼。

披满月色的桂花树下，桂影绰约，花香萦绕，一家人，一壶茶，有兴致的来点小酒，盘子里放满月饼、甜食、果品、花生……"接月光"，叙天伦，其乐融融。

此刻，你也可以在圆月下独自与桂花结伴而行，只要你有足够的肺活量，你就可以拥有全部秋香的含义。有人说，长期住在大城市的人到富含负氧离子的大山里会醉氧。而秋天，如果你到"桂岭"来也许会醉香，在浓浓的桂花馨香里醉了，糊里糊涂地就在城市里醉了。这时的你，定能抛开平日里沉重的理性和虚假的应对，抛开工作和生活中的烦恼，获得足够多的浪漫和享受。或许还能在咏叹桂花的平仄里获得呼应，构思一首酸溜溜的小诗来，醉他一番。

秋天，桂花香满城，幸福暖满城。每当此时，我都会觉得视觉不够用，嗅觉不够用，甚至于听觉也不够用，被满城的桂花香集聚起来的素材、灵感一拥而上，让我的文字更不够用。

这是很容易想到的事——我怎能用有限的文字写尽故乡无限的桂花香呢。

水 墨 古 镇

在我的印象中，新铺古镇应该是一幅淡雅的水墨画。铺满青石板的古街，灰白斑驳的墙壁，厚实古朴的门窗、铺栅，在岁月里静静地表达着古韵和沧桑；而穿镇而过蜿蜒南流的石窟河却又给人以淡然与温婉的感觉。具有这样格调的古镇图是万万不能用油画、传统工笔画去刻画的，写得太实了，太工整太靓丽了，定然会失去它"天然去雕饰"的韵味。

我是在一个夏季的清晨回到古镇的，那天刚好下着毛毛细雨，远远望去，雨中的古镇就像突然从空地上冒出来似的，朦朦胧胧，隐隐约约。具有客家建筑特色的屋栋和瓦檐仿佛在雨雾中流动着，鳞次栉比的房屋在雨中润泽着，沉浸着；而古镇后面的马鞍山和前面的石窟河仿佛淡墨勾勒出来的一组依稀可见的线描。

古镇在烟雨中演绎着它的迷离与静谧。

其实我与古镇并不陌生，虽然我不是古镇的常住居民，但老家离古镇只有几里地。小时候三五成群呼朋引伴或跟着大人一起到圩镇看个热闹倒是常有的事,不过都是孩子心性,做做"圩尖子"罢了,有时也会期盼大人因为你的听话、乖巧给你买平时难得吃到的客家小吃;少年时开始对古镇有了向往和崇拜,或许这里有盲目和虚荣的成分,但对于县城都没有到过的我来说,古镇在我的眼中就是名副其实的"大城市",那里有我幼稚但真实的梦。

我在胡思乱想中走进古镇的老街,这时雨突然停了,也许是老街好意欢迎它的"熟人"吧。街上的雾也渐渐散去,街口的"河唇街"标牌显得格外醒目。沿着雨水洗涤过的青石板街道缓缓而行,感觉特爽,呼吸着微风送来的丝丝凉意,感到一切都是那么清新惬意。

街两边的店铺次第映入眼帘。街面翻新了,但老铺面修旧如旧,还留存有历史厚重的痕迹;招牌是新做的,虽少了点沧桑感,倒也统一,何况装饰的风格也还保留着古朴典雅的余韵。整条老街的布局仍然像《古镇新铺》的小册子里的有关描述和留存在我脑海深处并不残缺的印象:店铺总是平面布局,对称方正,大多为"楼下经营、楼上寝室"格局,夯墙灰瓦,古朴深邃……店铺有些是古朴传统的木板铺面,有些是南洋风格的连券骑楼,中西合璧,富有变化,实在是客家侨乡商贸文化的历史缩影。走在街上,我恍惚听到它们在历史时空中诉说古镇的变迁……

然而,走在古镇,凡记得古镇"老模样"的人,都会为它的"新模样"感叹不已。

　　独具古典特色的老街虽然保留着岁月镌刻的古韵，但古镇人的生活环境和生存状态正在发生嬗变，现代文明气息已经迫不及待地从街道的每一处角落里和每一个过往者脸上流露出来。古镇在现代与古典的矛盾中存在着、发展着、变化着，悄然地交融着。老街上虽然还有打洋锡、编箩筐、手工打肉丸的旧作坊，但现代加工场和现代商店已经占据主流位置，而且大部分店铺卖的都是时新物品，货架上琳琅满目，应有尽有。在街上行走——既可闻到新铺传统客家美食的特有的浓香和茶楼飘出来的淡淡茶香，也能看到不少汽车专卖店、摩托专卖店、手机城之类的现代行业；既能听到夹杂在叫卖声里旧作坊传出的叮叮当当的声音，又可以听见咖啡厅、KTV 传出的新潮的现代音乐。毋庸置疑，古镇的脚步已经在向现代化市镇迈进，在向现代文明迈进。

　　而藏在我记忆深处的应该是古镇的码头，虽然因为上游建有长潭水库和梯级拦河电站以及陆路交通快速发展的原因，这里不再是水路通畅曾经异常繁华的水上交通枢纽了，但河岸上大大小小的古老码头却仍然吸引着人们的目光。那些码头孤独而骄傲地伫立河边，就像石阶上兀自站立的野草，仿佛唯有它才能真正体现古镇作为"南盐北运、北粮南运"的重要航运水路的历史。

　　古镇码头上更有我成长的记忆：一群赤身裸体的孩子从码头上跳进河里，在木船和木排周围尽情地游着、打闹着，打水仗弹射起来的水线溅到船尾的小厨房里，惹得船娘或船家女孩一阵笑骂声，于是孩子们心满意足地大笑着从船底游开。

　　我们村在古镇的上游，每逢收获的季节都用大木船运输公余粮，船停靠在码头上起岸。那时虽然还只有十来岁，但为了生存，我和生产队的"主劳"们一起背起了装满二百多斤稻谷的大麻袋，台阶上有我艰难地一步一步往上挪的足迹和汗滴，也有我迷茫而无所适从的彷徨和无奈。当然，我们也有"穷快乐"的时候：早上或傍晚，我们一些半大小伙子们喜欢站在码头上，看镇上的女人们在码头的台阶上洗衣服，那如白藕般的手臂和脖颈经常走进小伙子们的梦中……

诚然这一切景象都随流水远去，那些细节都随码头的废弃而消失，但智慧的古镇人用新的创意延续古镇的美丽：大大小小的码头连接着河岸新建的千米休闲绿道，平坦的红砖地面，仿古的栏杆，向河中延伸的钓鱼台和古色古香的凉亭，绿道两旁的花树，点缀在花树间反映古镇商贸水运主题的石雕，以及老船厂原址建起来的滨水公园，为古老的码头增添了新的活力和希望。这一切都在石窟河澄碧的倒影里展现着现代生活的愉悦，并在暗示人们时代的变迁和生活的美好。

还有记忆中的横跨河上的那条小木桥。小时候最怕的就是过小木桥了，过桥前大人一定会叮嘱，不要看桥和桥下面的河水，要往远处看。可是每次过桥时免不了会注意脚下，一看不打紧，你所感觉到的不是水在流，而是桥在走，于是便惊慌起来，赶忙蹲下身子，抓住桥板一动不动，这时桥上的大人们便会开心地大笑起来。

记得街上有一位修自行车的老板，印象中好像大家都叫他"阿古仔"，老板好像是塘屋岭人，我亲眼看过他放双手从木桥上骑自行车到对岸的"表演"，那潇洒劲让我到现在都还佩服得五体投地。不过，现在小木桥没有了，替代它的是横跨石窟河的现代化钢筋混凝土大桥，它像一条镶嵌在蓝天碧水间的彩虹，将古镇的日和夜装点得分外美丽，当然，过桥的"痛苦"和因为水上交通不便而影响两岸生产生活的现状也就一去不复返了。

我边走边拍照，将老街的古韵一一摄入镜头，也许此刻的我只是为了回忆远去的古镇印象而努力罢了。当然，已经很难找到旧日的踪迹了，但古镇还有浓浓的"古"的生活气息的存在，居民们还在临街开着店铺，还在楼上住着。而店主们的热情和古镇人依旧不变的朴实弥补着我的遗憾，他们的笑容和心境让我看到了古镇的另一面——重新感受到古镇人原有的质朴和真诚，更感受到现代文明的脉动带给古镇的幸福与感动。

老街中心的那口老井还在，记忆中但凡赴圩的人都会到老井，或解渴或满灌一壶水。虽然现在古镇的居民都用上了自来水，但仍有人到古井汲水。我特意问前来打井水的人，好像他们也说不出所以然来，只是告诉我，逢年过节还有不少人用井里的水。我想，也许是因为井水清凉而甘甜吧，又或许是饮水思源的缘故，想到这，我的眼睛有些湿润了。

记得河唇街有一间专卖豆腐花的，叫"阿七伯豆腐花店"，小时候总吵闹着要大人到店里买一碗豆腐花，仿佛不吃这里的豆腐花就白来古镇一趟似的。那天我找了好久没有找到，后来问一位老者，他说老店主阿七伯老了，在家养老享福了，把豆腐花店交给儿孙们打理，店子重新装修了，装潢很现代，豆腐花还一样好吃。但我终究没去，现在想想，应该是"除却巫山不是云"的意思吧。

我总觉得，一个地方有一个地方的特点，有让人难以忘怀的记忆，古镇就是如此，自然随性地走过许多春夏秋冬，在岁月的风雨中沉浮，却总是那么静好，像悠扬而又安然的乡间小调，那么让人回味无穷，而且久违后的相见仍然像老朋友般没有丝毫拘谨的陌生感和仪式感。

诚然，我终究要离开这里的，纵使它值得回忆，值得品读，值得留恋。而我能带走的，也只有记忆和照片，但无论如何，我仍然会固执地在心里说：古镇是我的故乡。

站在大桥上，回过头来再看一眼古镇，觉得今天的古镇只用黑白两种颜色已经难以表达它的内涵了，古镇里日渐浓郁的现代气息，古镇人表达出来的现代文明程度，以及公园、街道、大桥上的现代创意，河两岸的绿道、绿树，古镇四周呈现着蓬勃生机的新农村、充满希望的绿色田野……

是应该渲染一些色彩的时候了，将古镇画成一幅水墨淡彩，有些地方甚至必须要用工笔重彩或油画，这样的厚重才能如实并且较全面地概括发展中的现代版古镇了。

写给古镇的诗歌

　　写古镇必须从沧桑的古街写起，因为古镇的历史是由一双双脚板踩踏在长期留存古街的青石板上保持记忆的。我们走在上面，慢慢阅读它见证过的时空的记录和秘密，慢慢品味那些遥远的宿命感和神圣感。

　　因此，我又一次走在古街的青石板上时，仿佛有一种隐藏着历史信息的使命在不停地催促着我，让我努力写下一首题为《古镇》的诗：

　　突如其来的骤雨洗亮了小街的青石板

　　突如其来的月亮，让久违的时光

　　碎裂满地

　　小巷深处的二胡曲随老陈的最后一声叹息

　　成为历史，小陈 KTV 里欢快的歌声

　　穿街过巷

那年码头上载走的爱情音信全无

船留下来了，船舱的灯影里

坐满半醉的食客

父亲与他父亲的故事仍半躺在临水的木质阳台上

河水低吟的俚曲

却略显生疏

昔日热闹的对歌台冷清在月色里

多情的山歌，只剩下

申遗的命运

少了渔歌唱晚，多了灯红酒绿，多了还是少了

谁能言说？几辈人逛不完的街，几辈人讲不完的故事

最终，最初，必定都是岁月华丽的馈赠

是的，这是我想忘而忘不了想逃避但又无法逃避的事实，物是人非，有多少"曾经"能够长存，又有多少"曾经"能够重来，古镇在变化着的岁月里变化着，包括那些酸甜苦辣，萧索繁华。

独自站在古街旁的石窟河畔，想着远去的流水终将我的所有记忆带向远方，不禁发出"逝者如斯"的感慨。虽然史书的册页上记载有古街的沧桑岁月，也仿佛能够在视听里获得响亮在古街

历史回音里远去的钟声，但我不想在这篇文章中记述那些经过大自然转述的遥远的讯息。此刻我只想写我所认识的老陈和小陈的故事，我们这一代人所走的艰难曲折的道路和刻骨铭心的爱情，父辈们难以忘怀的旧忆和古镇在他们生活轨迹里的变化，以及留存在短短的几十年里的伤痛和快乐的点点滴滴，因为这些是我所经历过的。

　　往事总是毫不避讳地告诉我时间和岁月的无情，又以一种不同寻常的情感力量抚慰心灵，也因此，走在古街，我的感想特别多。孩提时、少年时，以及成长中的每一个阶段的记忆都会走进脑海，然后像电影蒙太奇的手法般将一个个场面连接起来，形成充满遗憾或留恋的分节镜头，于是，怀旧的情绪又让我有一种强烈的渴望——回到那些渐渐远去的时光，那些在记忆中朦胧了的空间，哪怕会有不忍卒读的情节，于我，都是幸福的。

　　于是，《古镇随笔》便是我内心强烈渴望的梦：

　　要重新装修一幢灰色小楼，将临街的木门窗
　　装饰得更加沧桑，在铺满鹅卵石和青石板的小街上
　　敷上青苔，表现年代的久远

　　寻常巷陌里，要有卖姜糖的高声吆喝
　　有一些人站在陈旧的杉木柜台前，喝一碗小酒
　　有一些人，挤在榕树下，看满头大汗的棋手对弈

　　让楼上的茶客，从竹帘里探出头来

喊一声：朋友，上楼来，喝一杯家乡的"黄坑茶"

于是，茶香满街，十里八乡的轶事满街

要唤回梦中的夜晚，让月色擦亮生活

放纵渐渐闲置的浪漫——老渡口的光影里

亮起浣纱少女雪白如藕的双臂和少年的梦

要阳光铺开，照耀消逝的古镇往事

让古镇的风格爽朗一些，熙熙攘攘的赶集人

身上的衣服更加光鲜

更要让一簇簇野草般随性的乡亲

随心所欲地放声歌唱，波光粼粼的伴奏

泛起激越的和声，喊响未来

现在想来，我之所以怀旧，之所以希望在古镇"重新装修一幢灰色小楼"，无忧无虑地喝酒、喝茶，看棋手对弈，看女孩浣纱而想入非非，是因为儿时记忆里的天真和烂漫，也因为那些被浮躁和尔虞我诈代替了的闲适、与世无争的生活，那些已经失去或逐渐失去的纯朴和真诚，那些渐渐被毫无底线的价值思维暗淡了的人性的光芒，那些被人们淡忘的高尚美德和几近缺失的传统，以及像裸露于天地间的大自然般的纯粹和率真。

我怀念这一切，并怀念古镇的那些过往那些人那些事，怀念被遗弃的老渡口和码头，怀念即将被遗忘的一些"老行当"，就

像怀念那些平凡、普通、纯洁的心灵和生命信息。而且古镇里一
些平凡的人让我更容易忆起古镇，他们会时不时走进我的梦，叫
醒我，烦扰我，督促我拾掇岁月里的那些碎片，让人们记住并不
断怀想。

也因此，我在《古镇旧事组诗》里记录了我的心路历程。

古镇洋铁匠

古镇的人都知道洋铁匠履历简单
祖父，打洋铁，父亲，打洋铁，他，打洋铁

也只有古镇的人，才能听出
铁匠敲打出的，复述岁月的声音

生活，以这种方式传宗接代
纯粹而毫不夸张

可是，一说起大城市捞世界的儿子来
他笑了，眼睛比光滑的洋铁还明亮

古镇剃头匠

他的刀是最快的，他的技术是最棒的
他的名声和这条古街一样长

他始终用一种神秘的微笑
打量每一颗头颅

"知道古代的皇帝吗？
皇帝的头可不是他自己剃的。"

说完，他以熟练的"水袖"
在荡刀布上来来回回地擦拭骄傲

古镇磨刀匠

肩上扛一张绑着灰色刀石的长凳
一声声吆喝喊醒沉默的古街

一群小毛孩学着他的喊声穿街过巷
"磨剪子哩戗菜刀"

他努力完成的，不仅仅是一个动词
更不仅仅是一个形容词

他的日子
从不借助语言发光

这些人和事是真实的，他们曾生活在我们身边，他们曾是古
镇里的"风云人物"。这些人虽然身处底层，而且这些老行当也

即将消失，但在古镇的发展中他们是不可或缺的，他们长时间的存在已经证明了这一点。虽然这些老行当被现代行业所取代是历史的必然，也昭示着社会的进步，但他们身上表现出来的带点守旧的质朴和善良，以及人与人之间和谐相处的人文环境是现代社会应该秉承和发扬光大的。

无论如何，我们都不能永远停留在青石板赐予我们的怀旧断想之中，我们更不可能将希望寄托给远去的历史，就像穿行于古镇的石窟河，河水从源头而来，经过古镇，它终会辞别古镇向远方流去，纵使有多么恋恋不舍。

在文章的结尾我想借用自己的一首《故乡的小河》，表达对母亲河的深深眷恋和热爱古镇的理由：

就这样轻轻地流着，轻轻地
像母亲的声音，温柔，甜蜜

就这样静静地流着，静静地
流过祖辈的目光，流成俚曲，流成诗句

一个背着乡愁远行的人，常在河边
倾听流水的声音，在倒影里，抖落风尘

"曾想卸下思乡沉重的行囊，装作若无其事的别离"
可是，无论走出多远，总要不停地回头
等待，你的那一声呼唤

我曾长久地站在河边看流水在我视线里消失，也曾感叹人生的短暂，但是，我更喜欢在一个阳光明媚的日子里，看阳光下的波浪层叠着簇拥着向前追赶，此起彼伏，奔腾不止，并且在前行中发出更大更亮的响声。

　　我知道，古镇的现在和未来正在努力地与过去告别，因为我们时刻都在感受着它的迅速发展和变迁。就像川流不息的石窟河告诉我们的事实：历史终将过去，未来一定会更具生命力，会像眼前的河水那样执着而坚定地流向远方。

老　屋

　　我不知道能不能把老屋写得更明白些，或者更深刻些，因为面对几乎破败的老房子，杂草丛生的院子、菜园、花园、天井、塌了屋顶的旧猪舍，甚至从菜园里爬进厨房窗格子的野藤，我都会因为从眼前这些物象里突然冒出来的"弃置"这个动词顿生失落。

　　虽然安静而孤寂的老屋在现实生活中充满矛盾，但我们仍然很难武断地做出任何不符合实际的评判，因为我们在时间的单行线上发现一些可寻找的轨迹，那就是由于社会快速发展导致生活观念的急剧嬗变而对守望家园的传统思维的巨大冲击——人们开始摈弃固守在传统思想体系中的理念更换一种新的思维方式和新的生活方式以实现"城镇化"的梦想和追求，离开长期赖以生存的土地和宅居地从乡村走向城镇。虽然由此带来老家的荒凉和萧索，甚至最后的记忆还会逐渐磨损、锈蚀直至遗忘，但生活的改变总是会让人获得更多的满足和快乐，人们在获得感和幸福指数不断提升的前提下，对一些在过去本以为是有悖常理的事情反而会渐渐感到微不足道。

然而，对于大多数曾经居住老屋的人来说，无论时间如何流逝，环境如何改变，老屋始终顽强地占领着他们的内心深处。他们在眷恋不舍和不得不放弃之间惶惑、徘徊、痛苦、无奈，守住祖业和追求新生活的矛盾时刻在碾压着内心的安宁。无论如何，每当走近老屋，那一门一窗、一砖一瓦、一口井、一间房、一个院落，纵然破败，都深深寄托着人们浓浓的乡愁以及难以释怀的记忆和情感……

板　　车

奇怪的是，在讲房子、门窗、天井、水井等等构成老屋的主要元素之前我会说到板车。凡是经过二十世纪七八十年代的人都会记得，板车是那个时代乡村和小城镇最常见、最盛行的运载工具，而且乡下的人家能拥有一辆板车是很值得骄傲的。因为那个时候，汽车是国家的，拖拉机是生产队的，自行车是稀罕物，就是板车，都需要有一些家底的人才买得起。可以这样说，在农村，有了一辆板车便有了维持生计的依靠，而且心里会更有底，生活也就更有奔头。因为板车代替了肩挑，运货数量增多功效就更高，这就意味着工分挣得多钱也能挣得更多。只要有力气，可以为生产队运猪粪、运稻谷、运禾秆、运公余粮，还可以用板车帮别人运货赚取工钱，同时也有了加入"副业队"出门搞副业的资格。每天拉着板车在村道上、乡道上、公路上行走，满满的货物满满的自豪，走起路来胸挺得高高的，头仰着，步子也特别轻快，真有点像骆驼祥子买了一辆属于自己的"洋车"走在大街上的那种满足感和自豪感，心情特好。

在我的生活经历中，板车的命运和房子的命运是紧紧连在一起的，因为老屋的太多记忆都跟板车有关。虽然板车不过就是一种以平板部分载货或载人的非机动车辆，车架两边护栏高尺许，车架底部左右纵木方而粗，前延伸段渐胺稍圆是谓车手，车手前段略内向，以利挽拉。车底中部横一铁轴，左右连着两个充气的橡胶车轮。说来可怜，这在古代就存在的运输工具，到二十世纪七八十年代还值得为拥有它而骄傲，唯一不同的就是两个充气的橡胶轮子替代了木轮子。所以这样一辆简单而毫无技术含量的板车能成为我的人生经历的一部分并和我的生活息息相关，是应该也值得拿出来叙说一番的。

房　子

我家最老的房子属于客家地区最常见的围龙屋。客家围龙屋是客家古民居中的一大特色建筑，在老家的古民居中，围龙屋是数量最多的，有的是祠堂加围屋，有的是堂屋加围屋，以祠堂加围屋的为多，而且规模最大。它的特点是：中轴线上有两堂或三堂大堂，这是整个大堂屋的核心，主要用于公共活动，如放置祖宗牌，进行祭祀、婚丧喜庆摆宴席等。堂屋周围，即左右两边和背后是厢房或叫作"花头"的部分，用相连的房屋紧紧围拢，形成圆形、半圆形，有围一层、两层、三层，甚至四层、五层的，房屋少的有一百几十间，多的有几百间，可谓规模宏大，气势雄伟。居住在围龙屋内的都是同宗某一世祖以下的兄弟叔侄亲房，都有较亲密的血缘关系。围屋的居民，人丁最盛的时候，少则几百人，多的竟达一千人。

在没有建"新房"以前，我住过围龙屋里的"花头屋"，听父亲说这是祖父名下的祖业，但最早究竟是太祖还是太太祖建造的，就不得而知了。小时候一直跟随父母在他们教书的学校里读书，学校离老家有好几十里远，只有过年或过节的时候才回到老家和爷爷奶奶一起住，也就是住在围龙屋的"花头屋"里。

我们老家的老屋是很有特点的，因为村子就坐落在石窟河畔，所以它跟水的关系密切。"花头屋"是围龙屋内的建筑，我的老屋门口就是连通祠堂大门前的半月形水塘的小水池，平日里洗衣服、洗菜、洗碗筷、洗家具等等都在小水池或水塘里，过年过节要进行大扫除就会到小河或石窟河里。水塘和小河相通，小河又在不远处直接流入石窟河，围龙屋—小水池—水塘—小河—石窟河，一条明确的水线把我的老屋串联成极具南方特色的明亮的水中世界。这应该是足够美的房子了，但奇怪的是家乡人大部分都选择离开水润泽着的老屋，到村子里地势比较高的地方建房。这里除了有怕被洪水浸淹的原因以外，更重要的是在他们的观念中"围龙屋"只是祖业，总不能永远居住祖辈名下的老屋，在农村，那是会被人笑话的，凡有点"本事"的人都以能在老家重新建一座新房子为荣。

父母在这种观念的催促下决定在自留地上建新房，其实父母应该还有其他方面的考虑：一是我们兄弟姐妹都逐渐长大，祖屋已经不能挤下那么多人了；二是父母都是"领薪干部"，家在农村的叔伯们都迁出老屋建新房了，面子上怎么也说不过去。实话说，父母当时的工资很低，维持日常生活尚捉襟见肘，建房的资金是远远不够的。我有三兄弟，有一个妹妹，按照家乡人的住房分配原则，兄弟每人要安排两间，一间住人，一间当作厨房、饭厅和杂物间，父母要一间，还要有一间较大的正堂当作客厅，这就意味着需要建八间房。妹妹是要嫁人的，虽然安排有房子，但出嫁后就会分给兄弟，回娘家时要暂住在和父母同食的兄弟的客房里。

那时我刚好高中毕业，二弟初中毕业，妹妹和小弟虽然还在读书但周末都会回家，劳力可以解决了，因此，二十世纪八十年代初，我家建房计划开始实施。首先要解决的是"三大材料"——钢筋、水泥、石灰，那是必须购买的，这一部分由父母负责，因为只有他们有薪金，他们是"金主"；砌墙的黄泥、石块、沙砾这些材料就要靠我们兄弟了，这时，板车就派上了大用场。我和二弟每天从天未亮一直干到看不见五指，拖着板车到几里外的山地大河运黄泥、运石块、运沙砾，周末，妹妹和小弟放假回来也一起上阵。筹集这些原材料大概用了好几个月，想着新房将在我们手中建成，建新房、住新房的强烈渴望在激励着我们，再苦再累都感觉是快乐和甘甜的。

接着就是砌墙了。那时候砌墙的材料不是像现在用红砖或轻质砖一块一块地垒起来，而是用砂灰墙或砂灰砖。这种砌墙的方法旧时叫"夯墙"，大多是直接用泥土的，因为我们老家地势低洼，经常发大水，怕墙体坍塌，所以就采用砂灰墙。砂灰墙黏度和硬度都比泥墙高，它是用石灰、沙砾、黄泥按一定的比例搅拌成的。夯墙时，先将这些原材料用水拌均匀并充分搅拌柔韧，拌成湿灰，略晾干后倒进预先放置好的砌墙模板里。这种砌墙模板我们客家叫"墙槎"，是根据墙体的大小用杉木或松木制成的。我们先把灰料倒在模板里铺好一层，中间夹放石块，一边倒灰料一边夹石块，然后两个夯手各执一头扁长一头方形或圆形的夯具站在模板上面，一人站一边轮流着在干灰上用力夯墙，将灰和石块夯实，这样不断往上夯墙，墙体也就逐渐升高。那时好像浑身有使不完的劲，我和二弟每天拌灰、夯墙……妹妹和小弟放假回来就帮忙传递灰料、传递石块，一天、两天……听着有节奏的夯墙声心里特别来劲。

现在想来，那时的干劲真的不知是从哪里来的，十五六岁的"半大后生"，用了近半年的时间，兄弟姐妹齐心协力，硬是靠父母微薄的工资，靠全家人的努力把"家"建起来了。新房子落成时，父亲还拣了个好日子，买了好酒好菜，请亲朋好友吃了一顿。

虽然现在兄弟姐妹都在城里买了房很少回老家了，我们亲手建起来的新房也慢慢成了"老屋"，静静地在岁月里等候破败，但每每回到老屋，抚摸着那些渗透家人汗水和泪水的墙壁、门窗、家具、器物，仍仿佛抚摸到了远去时空里的艰辛和快乐，抚摸到当年兄弟姐妹们深厚的情谊，抚摸到为实现目标同甘共苦的难以割舍的亲情，此刻，眼泪会禁不住掉下来。

祖父的产业"花头屋"和我们一家人亲手建造起来的房子在时空里逐渐式微，但在我们兄弟姐妹的心里，这些被叫作"老屋"的老房子始终是我们心灵的归宿。

天　井

老屋里的天井地板是我和二弟用一块块鹅卵石铺出来的，靠近厨房墙壁的假山也是我的处女作。那些年虽然没有读多少书，也没有什么大志向，但一直潜藏于内心的艺术细胞始终是活跃着的。那时时兴制作假山，房子建好后我便想着在天井里搞出点文艺范来，于是和二弟从河里运来褐色的鹅卵石，从石山上运来有棱有角的石灰石。我们用鹅卵石铺设天井，因为天井在客家建筑中还是比较有讲究的，根据中国传统哲学理论，天井和"财禄"相关，经商之道以聚财为本，所以造就天井，可以使天降的雨露与财气聚拢，有汇聚四方之财和肥水不流外人田的寓意。当然那时我是不懂这些寓意的，只是想到艺术方面去了。我想建一个与众不同的天井，于是心里早就有了由圆心向四围扩展铺成一个内高外低天圆地方天井的设计方案。我用卵石按圆形排列成一圈一圈的，不断向外拓展，由于卵石大小差不多，而且心里有了初始的设计，天井很快就铺好了。效果比我想象的好，新的天井艺范出来了：它像褐色的波纹不断向四周漫开，让有限的空间变得无限；又像镌刻岁月年轮的树纹在承载着日月，打开胸怀接受上苍的恩赐；如遇到满月的夜晚，月光在天井上面流泻下来，照在一圈圈的发着光的卵石上，像极了黑孔雀正在开屏，闪闪烁烁在月色里舞动。

我在靠近厨房墙壁的地方制作了一个小小的"旱假山"，所谓旱假山就是没有流水的"假山"，那时虽然知道用水泵可以让水循环流动，可是没有闲钱而且不知道哪里有卖，也就只好作罢。为了设计模型，我还徒步三十多公里从新铺到长潭将山景素描下来，我按长潭石山的外形堆叠假山，虽然只是神似，但石灰石的艺术效果却是比山还更像山。从没有想过我会制作出这样一个"艺术品"来，我感动于自己的"无心之作"，特别是在那个迷茫的年代。当我的处女作竣工之时，我坐在旁边足足观赏了有两个钟头。我用廉价的材料建成第一个"大型"的艺术品，没有想到的是这会成为我接下来一段时间里的谋生手段和后来爱好艺术的原动力。

老　　井

水井是最有传统文化特征的意象，水井和人类关系密切，可以这样说，一口水井往往和一个村落或者一个家庭联系在一起。水井这一物象以不同的意象特征托物言志或借景抒情，表现出广泛而深刻的文化内涵，更是寄托乡愁和情感的一种文化符号。

新建房子的大门旁边有一口水井，是一口老井，究竟是什么时候挖的什么人挖的，没有人说得清楚，我们也没有去了解去深究。我们在建新房子前就预先筹划好了，把门口淤积的老井重新挖开，接通泉眼，解决一家人的用水问题。因为是单家独院，"近水楼台先得月"，老井便自然而然成了我家的"私井"。老井水色清冽、水质甘甜，而且常年不枯，纵使是旱涝之年，井里的水位都升降幅度不大。从二十世纪七十年代到九十年代近二十年间，老井一直和我们家相伴，直至我们举家搬到县城。

在我的心目中，老井不仅仅是一个日常生活中简单而实用的物象了，它是怀念故乡最深刻最含蓄的背景，无论是在那些彷徨无奈的昨天还是远离家乡的今天，老井一直是我倾诉衷情的老朋友，也是我文学创作的源泉。

曾经，向老井诉说过我的爱情：是否仍然静静地/独自仰望/井边开了又谢谢了又开的桑椹//从揉捏衣角的羞涩中进入/收藏的那些情节/——那些深情对视的目光/那些倒影里的浪漫/是否随木桶里溢出的月亮/碎裂满地//故乡的老井啊/你的水的柔光里/是否还见过那双曾经明澈的/眼睛，她的泪水/是否，也如今天的我/浑浊不清。

曾经，向老井倾诉满满的乡愁：窗外，水车转动的空虚，弥漫在/大地灰黑的肚皮上//远处微弱的光，正描述/老钟家门前的榕树下/年少时的轻狂，遗落梦中/羞于言说//一个早起挑水的少妇/披散的长发挑逗晨风/木屐的声音，回响在浓酽的扉页上//故乡应该是接纳了我斑白的两鬓/不然，朦朦胧胧的山尖上/何以有，浅红色的微笑。

如今，一直忘不了的是铁桶叩响井沿的含义——失落和眷恋以及心心念念的回归：灵感枯竭，我渴望诗歌的元素/随候鸟的翼翅飞抵内心//我和城市对视了好久，光影里的/花草，盛开得有些暧昧//月光像一张苍白的脸/缺少栀子花和采茶女天然的颜色//也缺少旧时水井旁的影子/和，一只铁桶叩响井沿的含义//我知道，我不能一味等待/我的诗行，有春天的饥渴。

文章写完，如释重负，可我的思绪并没有戛然而止，面对杂草丛生且日渐式微的老屋，面对早已丢弃且找不到丝毫踪迹的"板车"和那依稀的"骄傲"，面对被野草占据着的萌芽艺术的天井，面对如长辈如师傅如朋友如今却已经被"弃置"了的老井，我仍然顽强地在用文字对抗破败、对抗遗忘的努力中努力。我还必须将文字记录下来的我们和老屋的过往交给儿女甚至他们的儿女，让他们不至于因时空的转换、岁月的流逝而忘却一切。

石窟河上的桥

站在石窟河畔，站得久了，目光循着河流的走向，聆听远去的河水的声音，你一定会产生这样一种感觉：石窟河正像一条沿着时间长流不息的水线顽强地将故乡一分为二，而且不断在岁月里制造河两岸悲与喜的景象和故事，而一座座桥梁却将被河流割裂的空间勇敢地连接起来，包括两岸的村庄、集市、道路、人流，甚至传统文化、宗教、哲学、人生……

此刻——我们不可能不去想这条古老的河流有多少人从河畔走过，又有多少故事在河水里流淌；不可能不去探究石窟河上的桥梁在历史时空里的变化和发展以及它的意义。

其实，我们并不需要寻找任何参照物，因为我们可以让时间说话，让我们的记忆说话，让石窟河上桥的变迁在历史和现实的时空里对接起来……

我们只需在石窟河的自述中就能了解故乡水上交通的过往：三十多公里长、二三百米宽的河床上寥寥几座小木桥和几个小渡口拼凑而成的简陋而狭窄的水上交通占据着石窟河古代、近现代的悠悠岁月，我们的祖辈就在这样的水上交通设施上走过了千年——农耕生产、商贸交易、走亲访友、求医就学。小木桥和小木船长久地维系着石窟河两岸人民的生产和生活，也因为长期的交通不便阻碍了社会发展。

我们还可以从地方志的一些文字、照片或者老辈口述的故事中获得许多关于"过河"的辛酸"曾经"：为了能及时赶回家，不顾湍急的洪水已经把桥摇得晃晃荡荡，战战兢兢、艰难地往前移动，一不小心就掉进河里全身湿透或者桥断人亡；摆渡的小木船严重超载，在漩涡中打转，结果船倾楫摧，船上的渡客瞬间被洪水卷走；新郎在河对岸眼看着新娘的轿子被河水冲走、吞没而呼救无门；丈夫目睹落水的妻儿在水中挣扎，却又束手无策……这样的事件一而再再而三地被复制，多少生命被简陋而脆弱的水上交通工具所吞噬，多少辛酸在曾经的时光里被记录，石窟河的水上交通历史成为蕉岭人酸痛的记忆。

还有这样一个有趣而又苦涩无奈的故事：一位姑娘到河对岸相亲，过小木桥时姑娘的母亲不小心掉落水中，被救上来后便立即打道回府，发誓有女不嫁"桥背郎"。据说这位母亲是一位山歌手，当时就随口唱出一首山歌：*石窟河上水茫茫，有女莫嫁桥背郎，过桥不慎跌落水，浮起已经到潮阳。*这首山歌后来被收录在当地的山歌集子里，它完全可以作为当时石窟河水上交通简陋而危险的佐证。

毋庸置疑，改变石窟河上落后的水上交通状况是蕉岭人祖祖辈辈的梦想，然而，在落后又贫穷的旧时代里，人们的企盼却显得那么无奈与无助。

　　可以这样肯定，我们这一代人是幸运的。因为，我们亲历了中国历史上从没有过的如此翻天覆地的变化，我们经历了国家从贫穷落后到进入全面小康的社会发展变化阶段，我们有幸成长在国家改革开放后的社会的高速发展时期，也因此，我们有幸成为石窟河水上交通——故乡桥梁发生巨大变化的见证者。我们踏着延续了几千年的依靠小木桥和小渡船过河的历史尾声见证石窟河"十桥飞架东西"飞速发展的历史和现实。当然，我们也曾经历过那些尴尬的岁月，品尝过那些渡河的艰辛，甚至亲历过前人经历过的那些危险、恐惧和无奈。二十世纪六七十年代，当时的石窟河上仍然没有一座真正意义上的"大桥"，三十多公里的河道上比较像样的大木桥和老渡口只有两处——蕉城榕子渡大木桥和新铺古镇大木桥以及那里的轮渡。所谓"大桥"也不过是比其他渡口的木桥大一些，由好几块小木桥编排成宽二米左右的木桥，其余几座小木桥是由几条杉木或松木穿在一起，一块一块小木桥利用桥墩在几百米的河面上连接起来，桥面宽不及一米，仅仅供行人过往，如果有运货的独轮车或有人推着自行车通过，桥另一边的人就得耐心等待。而且南方春夏多雨，这些季节，就连窄窄的小木桥也经常被洪水冲走，只能靠小渡船摆渡，小小的渡口往往挤满了等待乘船过河的人，过一趟几百米的河面需要很长时间。而遇到山洪暴发，河水翻滚，险象环生，这时，船工们是绝对不会拿自己的生命开玩笑的，那也就只能"望河兴叹"了。

历史总会改变些什么，特别是在人民当家作主的国家里。当我再一次沿着石窟河走完三十多公里的蕉岭河段时，我不能不发出感叹。几十年间，"十桥飞架东西，天堑变通途"，从县域最北的长潭大桥开始，蕉岭境内的水路上依次排列着 10 座现代化的钢筋混凝土大桥，它们将两岸连接起来，像巨大的脉管与河流构成水上交通永恒的生命经纬线，而脉管里流淌的是蕉岭人实现梦想的喜悦和对祖国的感动。

石窟河上桥梁的变迁改变了河流两岸人民的命运，它像是现实给石窟河的历史版本绘制的一幅美丽插图，它把石窟河两岸人民的幸福生活淋漓尽致地表达出来，并为祖国几十年来的巨变提供了强有力的证据。

我感动于这样一组数字：漫长的千年与短短的建国七十年特别是改革开放的四十年，不到一米宽的小木桥与几十米宽的现代化钢筋混凝土大桥，几座小木桥和几个渡口与十座横跨石窟河的几百米长的大桥。一组组如此悬殊的数字已经把石窟河水上交通的巨大变化述说得清清楚楚。面对这些变化，那些曾经的伤痛，那些曾经的无奈，那些随流水远去的水上交通历史就像时间深处不真实的背景，渐渐隐去。

我深情地记住了这些桥梁的名字：长潭大桥、榕子渡桥、逢甲大桥、中华大桥、宪梓大桥、神岗大桥、晋元大桥、恒塔大桥、新铺大桥、塔牌三桥。

是的，桥梁的变化是社会文明和社会发展的具体体现，我们正好赶上了这个时代并见证了这一事实。今天，如果你从高处往南眺望，会看到一座座大桥像一道道彩虹横跨在石窟河上，令人想起"长虹卧波"的形象比喻来。河水从桥洞流过，流向远方，仿佛在述说河流的古今。缓缓往南蜿蜒着的碧绿的河水，灰白色的桥梁与沿河两岸的山岭、田野、城市、村庄紧密融合在一起，大自然与人文景观构成石窟河上独特的旖旎风光，让人心醉。

我们已经可以从容地从此岸横过彼岸，绝无迟滞，现代化的桥梁将具有久远历史的天堑变成通途，"望河兴叹"的困窘已经远去……坚固的桥梁将你托在波涛之上，任你走走停停，从容漫步，还可以仰天俯水，纵览两岸风光，让你超然世外，不为物拘，让你产生无尽的玄思和诗意。

如果你看过航拍的石窟河两岸的夜景图，你一定会发出惊叹。波光粼粼的河面倒漾着群灯绚丽的光彩——桥梁上的装饰灯，两岸的路灯、霓虹灯和城市与乡村的照明灯，在河水的引导下，汇成一条灯的长龙、一个光的世界，它们以光明的生命向人们述说石窟河内心的感慨。

今天，我们面对石窟河上桥梁的巨大变化，是否会熟视无睹呢？难道不会从这里生发开去，去理解石窟河上桥的变化的现实意义和象征意义，去感恩现实中的幸福生活，感恩巨变中的祖国吗?!

又见河鱼逐浪来

初秋的傍晚，像往常一样，邀几位文友散步，正往石窟河方向行走，突然看见河岸栏杆上围着不少人，好像在观望着什么，指指点点的，岸上的人在大声喧哗着。喜欢凑热闹的我此刻赶忙跑上前去，在人群的缝隙里，一幅瞬间就让我无限激动乃至震撼的画面展现眼前。

宽阔的河面上，一群群河鱼簇拥着，一阵一阵浮出水面来，本是平静的河面，突然间像有千军万马涌动，这种场面完全可以用壮观这个词来形容。平日里平平静静的河里竟然有这么多的鱼？我惊异地想着。灰白灰白的鱼群以大大小小的方阵逆流游去，斜阳和晚霞的无心加入，让水面闪烁着一道道耀眼的金色光波；不远处的拦河坝上的场面更让人振奋——湍急翻腾的水浪里有大大小小的鱼在跳跃，它们争先恐后，奋力搏击，欢腾的浪尖上，银白色的鱼和透亮的浪花在阳光下闪闪烁烁……

这时，文友们都赶到了，不用猜想，他们也被眼前的景象惊呆了。游动的鱼群，躁动的人群，以及被人群、鱼群惊飞的白鹭、野鸭……所有视听里的享受都被斜阳殷勤地翻卷出来，整个石窟河的城区段一时间热闹非常……

就是在石窟河畔长大的我，今天这样的"大阵仗"也还是第一次见到，我已经不知道用什么语言来形容……说实话，我不是一个内心敏感的人，但此刻有一种莫名的感动涌上心头……

啊，我的母亲河——石窟河。

人往往就是这样，现实视听里出现的景象会引发远去时空的记忆……

曾经，石窟河在古往今来的许多岁月里，简单而单一的农耕耕作年代还没有严重的污染问题，特别是像蕉岭这样落后的山区县，那些过去曾让河两岸的人和行走过石窟河的人，见证过清澈见底、明净透亮的河水，做过湿漉漉的清新的梦……

也曾经，在一段时日里，经济高速发展与环境保护形成的尖锐矛盾困扰着石窟河两岸的人，让人无奈，令人发愁。被无知污染过的石窟河，工业废水，畜养业废物，生活废品……河水浑浊，气味难闻；鱼虾和水鸟们都不见踪影，水面漂浮着一堆堆一种名叫水浮莲的水生植物。毋庸置疑，最终，我们付出了巨大的代价，受到了大自然的惩罚。记得那时我的内心非常忧虑，而且百思不解，曾因此写过题为《来自现实空间的报告》的组诗，这里节选二首：

山　村

始料不及，故乡以这样的方式迎接我——

村口那棵相思树的位置，被一排工棚占领

门前几只废油桶横躺成一道道疤痕

货车轮卷起的灰尘遮蔽着思乡的视线

灰蒙蒙的天空下，一个个高大的烟囱扶摇直上

如一组伟岸的惊叹号，远处——

几辆黄色的铲车，正在残存绿意的山坡上

高高举起未来，傲慢而轻狂

我和故乡，默然无语，如一对遗世的老人

那些错落而安静的房子，那些如脐带一样不断的

袅袅炊烟，那些蝴蝶、松鼠们安身的住处

以及童年的小河，以及，干净空气照耀下的

记忆，在浮躁的窗格子上消失

突然发现，背负已久的乡愁赤裸裸地

在阳光下走远，唯有早年相思树上的小鸟

还藏在我的诗里，胆怯地叫着——

叫着我莫名的忧郁

塘 鱼

水塘里的鱼死了，以沉默的姿势

水面上，层层叠叠的灰白眼睛

对抗着强烈而干硬的阳光

几只无知的蜻蜓，站在鱼的尸体上
站成命运的伤口
站成生与死

从没想过，一个小小的死亡
会击碎我的心情，潜伏在内心的脆弱
泣不成声

那晚的梦里，我成为一条鱼的尸体
一排排发出冷笑的排污管，俯视我
像暗夜里一群野猫的眼睛

人类的觉悟是值得肯定的，特别是近几年，人们的生活不断改善，对生存环境也有了更高的要求。为顺应民意，政府从上到下花大力气治理自然环境和社会环境：污水处理、社会环境综合治理和文明程度的提升，城市建设、新农村建设、河道美化工程……石窟河不仅恢复了原有的清澈透明，河畔美丽的江景新城、新街，绿道、绿岛、画廊，广阔的田畴绿野与清澈透亮的河流交相辉映，尽情抒写着寿乡靓丽的风景线。环境的改变自然带来人们幸福指数的提升，山城人的笑声和惬意高高低低地落在蜿蜒南流的石窟河上……也因此，原先那些历史中长久的存在，已不足以形容现实中的动人光景了。

又见河鱼逐浪来。这一自然现象已经远远超出现象本身，解决经济高速发展与环境治理的矛盾，让人类与大自然和谐相处，应该是一件很有意义的大事，而实现这一切，非凡的智慧和创新思维与非同寻常的努力和执行力是可想而知的。

　　我想，此时的欢乐应该属于鱼群和人群，当然也包括我。我不知道清澈透明的河水是不是世界长寿乡由来的元素之一，但作为蕉岭人，石窟河一向是故乡人永远眷恋、一直难忘的一个情结。我为共生共存、相亲相伴的石窟河的变化而感动，为山城的变化而感动，为身处清明盛世而感恩、感激！

　　好一条诗意盎然的石窟河。眼前的美景激发着我的灵感：

秋天的石窟河，河水蔚蓝

蔚蓝的河水，我最柔软的存在

在不息的客家山歌里流淌

在满山红叶的象征里，流淌

在缠绕透亮阳光的水草里

在沸腾的游鱼和随性的白鹤翻飞里

在河边洗衣的姐妹悄声里

在散发温热气息的老牛粗重的呼吸里

在山城楼宇和炽白灯光的倒影里

在两岸宽广的稻香果香里

流淌

流淌着许许多多的

音韵和色彩

只要在秋天的石窟河畔站久一些

或者，再站久一些

一不小心，秋天的一朵朵浪花

就会变成一次次的心跳

变成一条河的芬芳

变成倒影里

客家少女

脸颊上的红晕。

"河清海晏"成语的出处好像有不少，但我喜欢唐代薛逢的《九日曲池游眺》中对成语内涵的诠释："正当海晏河清日，便是修文偃武时。"是的，政治清明自然带来环境清新，更带来心灵的纯净和幸福。一座融和着历史和现代文明的石窟河畔的山城、乡村，重新焕发光彩，展示出一个鲜亮亮的现实——寿乡蕉岭已经还给世人一个更美更靓丽的自然环境和人文环境。

如今，波光粼粼的水面上，鸥鹭齐飞、鱼翔浅底，岸芷汀兰、郁郁青青，它们配合着蔚蓝的天空和纯净的白云尽心尽力地演绎石窟河两岸旖旎的城乡风光……人类让自然变得更美，自然也让人类获得更多快乐和幸福，这是人类与自然和睦相处的必然结果。水净，心静；水清，心清。这里似乎蕴含着一种哲思。

其实，眼前的石窟河美丽景象不只是生于斯长于斯的蕉岭本乡人为之感慨，就连外乡人也大加赞赏，为之感叹。我曾听过一位游客风趣的形容：在石窟河畔深深吸一口长气，负氧离子沾雨带露而来，一口长气之中，竟有欢鱼活水的灵动之气，有桂花与岸草的沁脾之香……

游客的话固然有点夸张，但眼前河鱼逐浪的诗意已经足够让多事的文人墨客实实在在地"酸"一番：一落笔就有一行行晶莹水汽，一泼墨就顿生满纸云烟……

马鞍山随笔

　　"不识庐山真面目，只缘身在此山中。"这一千古名句是很有生活哲理的。正如我们常常想尽办法到外地游玩，觉得外面的世界很精彩，为"一睹芳容"毫不吝啬地花钱花时间花精力，甚至还乐此不疲，而却总是忽视身边的一些熟悉而又被无意间闲置的景色。

　　阳春三月一个晴朗的上午，和朋友登上了回故乡必经的而且一直想去却从来没有成行的马鞍山山顶，才突然发现，绝美的风景就隐藏在一直被忽略的眼前。

　　马鞍山并不高，也不大，充其量是丘陵地貌的小山，就在新铺古镇老街的后面，山的峰顶是由两个小山峰组成的，两峰之间有一个凹处，像极一副放置在马背上的马鞍，所以马鞍山因形似而得名。但在我看来，马鞍山更像是大自然慷慨赐予这座古镇的宽广而温暖的胸怀，因为鳞次栉比的千年古镇就坐落在马鞍山的怀抱之中。

马鞍山的地理位置是得天独厚的，它属于武夷山的余脉，从福建缓缓南来的连绵不断的武夷山到这里就接近尾声了，接下来只剩下一些小丘陵，马鞍山也就自然而然地成了古镇的一面屏风。慷慨的大自然赐予马鞍山丰厚的"礼物"：山脚下，石窟河从北向南蜿蜒而来，流过古镇，像一条柔软而晶莹的玉带系在马鞍山与古镇的腰间，山、水、古镇糅合一起，山秀了水的清灵，水俊了山的神韵，而古镇则把它的沧桑和底蕴无私奉献给了山水。大自然用细腻的笔触，流畅的线条和飘逸洒脱温润的南国风格把这一切融汇成一幅典雅而秀美的山水民俗水墨画。

马鞍山是宁静的，但又可以说是热闹的。站在山中，既能听到风吹松林的轻啸，听到山泉潺湲的流淌和享受空山鸟语的安宁，又能听得见山上居民寻常院子里的鸡鸣犬吠，看得见袅袅于林间的发人联想的炊烟，还能听到公路上来来往往的车声、集市里熙熙攘攘的人声，而且因为密林阻隔，听声不见人，让人置身于绝妙的意境之中。这里没有"山川何寂寞"的孤独，也没有"车如流水马如龙"的喧嚣。处于山中，闹是他们的闹，静是自己的静，可以无忧无虑，可以宠辱皆忘，也可以没心没肺地快快乐乐地"活"一会儿，这种"闹中静"的情境就这样矛盾而又和谐地在历史时光中长期存在着共融着。

古镇和马鞍山的配合也是非常默契的。站在山对面的河岸上，远远眺望马鞍山，你会为眼前的景象而浮想联翩。古镇建在马鞍山的斜坡上，地势差距使得房屋彼此错落，形成一种节奏感，像一首歌谣，分成许多个声部；绿色的树林和林间五颜六色的山花与古镇的商店招牌、穿着各种颜色衣服的人群构成一幅色彩丰富的写实的"杨柳青年画";从石窟河边的"河唇街"一直往上,古镇的店铺和街道又像一摞摞大书错落有致地堆放——河唇街、中心街、新东路……无不体现国画水墨的层次美;而在街上来来往往的人和在山上游览、休闲的人协调在富有动感的大背景里,这一切再与石窟河上的木船、木排和岸边摆摊的小摊贩密切配合,现代版的《清明上河图》便赫然于眼前。人与山共存,山与人同乐,人文和自然巧妙地结合,此刻,你也许会想到晋代山水田园诗人陶渊明《桃花源记》中的句子来:"阡陌交通,鸡犬相闻……黄发垂髫,并怡然自乐。"和谐、淡然,与世无争,就这些品质而言,古镇与桃花源岂不有异曲同工之处吗?眼前的景象不正可以用这些词语来形容吗?也许,这就是马鞍山独有的特质吧。

新铺古镇处于石窟河下游,地势低,湿气重,早上或傍晚经常会出现有雾的天气,特别是有微雨的季节,白色的雨丝、雾气像薄纱一样轻轻笼罩四围的物象,让它们蒙上一层神秘的色彩。远远望去,山峦、房屋、街道、河岸、渡口……一切都在雨雾中,似有似无,若隐若现……每每处于这样的情境中,便会联想起文人墨客笔下的仙境来。此时,倘若你能行走老街,烟雨雾气随风飘荡,如影随形,一阵微风拂过,一定会让你有飘然若仙的感觉。

最美的是华灯初上了,轻摇在河面上的船灯,老街的路灯,店铺门前的广告灯,居民楼窗口的照明灯,马鞍山山道上、河两岸，以及大桥上的装饰灯一齐亮了起来，层层叠叠的灯光把古镇的夜装扮得格外明亮耀眼，河面的倒影更是美得让人沉醉。灯影将富有江南韵味的山和水，古楼和老街的夜景淋漓尽致地显示出来。面对这光影的世界，你也许会想起朱自清的《桨声灯影里的秦淮河》，虽然没有那种纸醉金迷喧闹的繁华感，却也有视觉中光影的朦胧感和热烈感。我想，用辛弃疾的"东风夜放花千树"的词句来形容应该是更为恰当的，观赏完层层叠叠的灯花，继而吟诵这首词的结句："蓦然回首，那人却在，灯火阑珊处。"浪漫的联想也就会翩然而至了。

所有的美景不仅会让你流连忘返，更会吸引你停下人生匆匆的脚步，在古镇留下来，并写一首诗表达心中的期望：

要重新装修一幢灰色小楼，将临街的木门窗
装饰得更加沧桑，在铺满鹅卵石和青石板的小街上
敷上青苔，表现年代的久远

寻常巷陌里，要有卖姜糖的高声吆喝
有一些人站在陈旧的杉木柜台前，喝一碗小酒
有一些人，挤在榕树下，看满头大汗的棋手对弈

让楼上的茶客，从竹帘里探出头来
喊一声：朋友，上楼来，喝一杯家乡的"黄坑茶"
于是，茶香满街，十里八乡的轶事满街

要唤回梦中的夜晚，让月色擦亮生活

放纵渐渐闲置的浪漫——老渡口的光影里

亮起浣纱少女雪白如藕的双臂

要阳光铺开，照耀消逝的古镇往事

让古镇的风格爽朗一些，熙熙攘攘的赶集人

身上的衣服更加光鲜

更要让一簇簇野草般随性的乡亲

随心所欲地放声歌唱，波光粼粼的伴奏

泛起激越的和声，喊响未来

对于我来说，马鞍山在我的心灵深处隐藏着更丰富的内涵，或者可以说是寄托着更丰富的情感，因为这是我的家乡，这里有我儿时的记忆。当我听到政府为了更好地利用马鞍山这个优越的自然资源，把这一带开辟为"森林公园"并在山上建造具有客家文化特点的亭台楼阁和人文文化景点的思路时，内心是非常激动的。可以想象，假以时日，急欲"到此一游"的人绝不仅仅是我一个……

古村落的历史回声

历史总是慷慨的，它以丰富的文化和自然资源存留世间，并在时空里不断叩响阵阵回声，让人们回忆、记述甚至溯流探源；历史也总是严肃的，它的存在需要证据，具有不可复制和不能再生的特点，它留给人们的必须是真实的档案式依据，以它独特的母子脐带关系形式流传，深深烙印成一代代的记忆，并以此成为怀念的印痕。

也因此——一个村庄被众多的古屋、古树、古井、古道等丰富历史信息和文化景观积淀厚重成与众不同；一个古老村落的历史与现实时空对话，用斑驳的墙壁古老的门窗乃至大门上生锈的铁环诉说远去的那些年代，特别是乡人逐渐远离村落，城镇化的观念日渐喧嚣的时候，那是多么值得后人书写的啊。

如果用现代技术的航拍视觉看这个村庄——下南古村落，你会为历史的再现而震撼：连片的古民居依山傍水，密布山腰，形状各异的古屋、古楼鳞次栉比，错落有致地从石窟河畔向新铺第一峰——南山嶂由低至高倾斜成一片片古老的骨牌；四方形、长方形、椭圆形的天井如一本本尘封已久的底蕴深厚的古书，隐藏着祖辈的秘密；古树、古屋、古井与古池塘交相辉映，把历史的不同阶段叠印在一个画面中，呈现着时空色调的厚重；古桥、古街连接着一座座斑驳沧桑的古楼，长长的盐商古道印证着祖辈勤劳的足迹，这一切像无声的史书在向人们述说古村落的点点滴滴。

一

我们的笔触必须回到明朝中叶，原籍在福建莆田，后迁于梅县开基的林氏一族，明中叶时其中一派始迁蕉岭南山开基。他们在石窟河畔的南山嶂下聚居，建围屋于家园，辟荆棘为膏壤，艰苦创业，已有六百多年历史。

被广东省认定为自然古村落之一的下南古村落，保留着完好的古民居建筑，传承着古老的民俗文化，是最重要的历史见证之一。下南村古民居建筑最重要的特点就是建筑风格之"多"，凡具客家建筑特色的古民居均在这里落户：围龙屋、走马楼、杠式屋、大堂屋、中西合璧屋……不同历史、不同风格的建筑聚集一起，形成一个比较大型密集的自然古村落，而且古建筑均具有造型奇巧、风格独特、绘雕并齐、工艺精良等传统建筑艺术特点，可以说这里是古建筑的"大观园"。其次是"古"，据统计，该村现保存有始建于明朝的古建筑3处，建于清代的古建筑近20处，加上民国时期的走马楼、中西合璧屋等等，层层叠叠布满葱郁的南山嶂与明丽的石窟河之间，加上古街古巷密集曲折，历来被称为"古街迷宫"。再次是"大"，该村古民居建筑总面积10多万平方米，是一个客家民居风格和民俗风情保存完好的明清时期的古村落，是不可多得的集聚成群的古代瑰丽的客家建筑群。

走进下南古村落，一砖一瓦、一街一巷、一楼一居，甚至一截古道、一处台阶、一口水井都会让你震撼，让你不能不敬佩客家先祖们的勤劳和智慧，这一切，寄寓着他们在为生存为生活的打拼中所演绎的客家人勤勉、刻苦耐劳的客家精神。

几百年来，聚居在下南村的林姓后裔们秉承族规，对古建筑给予足够的珍惜和尊重，这是最难能可贵的。他们绝不因新的建设破坏古村落的完整性，也绝不破坏古村落的传统建筑风格。他们保留古迹，把新房建在离古建筑较远的空地上，或干脆开辟新地，建设新村落。他们的智慧和坚持成就了下南自然古村落的今天。

二

其实，下南古村落并非只是某一处古民居建筑让你感到它的"独特"，它的每一处都充分体现岁月的沧桑和传统建筑的特点，让你萌发对先祖的尊崇与敬佩。古街、古井、古楼紧密相连，甚至每一堵墙壁、每一扇门窗、每一个小巷都蕴含着客家先祖的智慧，也因此，走进古村落，我们很容易被眼前的古建筑独特的设计和古代客家建筑特色所折服，会被建筑者们的匠心独运所折服。

下南村古民居先进的设计理论和经验是值得总结和研究的。祠住合一的大围屋、大堂屋、杠式屋等都与当时的社会政治，经济发展和居民的习俗有密切关系。从屋式的选择、房间的铺排，梁、柱、挑、榫的结构的精巧来看，都具有严密的科学性和合理性，其设计的精良和合理达到令人叫绝的地步。这些大屋少则几十间、多则一二百间，居住人口由几百人多至一千人，他们都是同祖同宗的亲房叔侄。在当时的社会条件下，聚族而居，对于团结族人、凝聚族心、强化尊祖敬祖、强化传统礼仪文化教育诸方面具有一定的积极意义。

古民居依山而建，大部分分上下三层：底层主要为厨房、农具杂物间、厕所等，中间为仓库，上层楼房为人居室。古民居功能多样、实用有效。居民的生活设施相对完善，生活所需均收纳在民居中，日常生活均可在民居中进行；二楼建有木制走廊，以适应山区多雨及潮湿的特征；所有民居以防御性城堡式建筑为主，具有通风、采光、抗震、防潮、隔热、保温、防风、防兽、防火、防盗等各种功能。古民居都是砖瓦檐梁结构，绘雕并齐，工艺精良，集应用性、观赏性和艺术性于一身，充分体现了客家建筑特色。

讲风水是下南古村落建筑的又一大特点，这也是客家建筑的特点。下南古村落的选址采用"靠山面水"这一原则，背靠南山嶂，面朝石窟河，坐落在山腰的小盆地，沿山溪而建，潺潺溪水将古村落很自然地分列两边。每处民居建筑群前面皆有一口甚至多口水井，水井旁挖一口池塘，古楼、池塘、小溪、老井、石阶相互配合，错落有序、布局规整，既符合"藏风聚气"的风水义理，又隐含"依山傍水"的自然理趣。而坐落山腰盆地并沿溪而建以及配置水井池塘等均体现先祖看重"聚财运势"，也符合生活常理。美丽的自然环境和"藏风聚气"的风水，孕育了世世代代的下南人，孕育了以林修明、林荫根等为代表的俊杰。

古村落里的古楼楼名是很有讲究的，它很好地体现了中原文化与客家文化的高度融合。这里举部分古楼名为例：如穀诒居，取义"穀诒"，"穀"即"谷"字的繁体字，源于《尔雅·释言》与《广雅·释诂》，意为生养之神。"诒"赠与、给予的意思，表五谷丰登、乐善好施之意。"穀诒"寄寓了客家先民祈盼丰年以及弘扬传统美德之愿望。再如存乐楼，大门两侧楹联"存心养性，乐叙天伦"就将楼名诠释得恰如其分，而且很好地彰显了客家文化精髓。

三

下南古村落蕴含着丰富厚实的民俗文化和农耕文化。民俗是一种来自民间、传承于民间、规范着人们又深藏在人们之间的行为范式，一种语言或者心理的力量，让人们置身其间而不为其所累，甘愿接受这种模式性规范的保护。

下南村的民俗活动有很多，主要是大年三十迎神、祭祖，元宵祭奠开基祖、祈福，清明上坟，五月接公王，七月半（中元节）祭祖等系列活动。

阴历七月十五日是中元节，客家人叫"七月半"。"七月半"是新铺镇最隆重、最传统的民俗文化节日。与全国的中元节有所不同，除了祭祀怀念祖先外，也是走亲访友、团圆聚会、孝敬老人、戏剧会演、展示美食的日子，极具新铺地方特色，也因此新铺"七月半"被定为广东省文化遗产。

对下南村人来说，中元节祭祖、祈求平安丰收也是他们的一个传统节日，这天，全村人集中一起，扬旗举幡，几名青壮年肩扛祭品，骄傲地走在队伍前面，随八音、锣鼓巡游村寨，因为他们是村里的长辈精心挑选出来的。祭祖队伍绕着村庄一路放铳、放鞭炮，好不热闹。队伍的阵容不断有村民加入进来，越来越庞大，最后大家一起到村里的祖堂或祠堂祭祖。"七月半"那天，亲朋好友趁活动之机相聚过节。共同的行为语言，传统的文化古韵，奇特的民俗仪式，在下南人的心中留下印记，年复一年，日复一日，形成了下南人特有的记忆和风情。

历史的变迁，农业机械化逐步淘汰了老旧落后的工具和技术，传统的农耕文化被现代技术所替代，农耕器械在人们的视野中逐渐消失。下南村的林烈明先生几十年来收藏传统农耕器械和生活用品等，自己出资建立了一个以传统农耕文化为主题的博物馆，并用文字记录和实物展示结合的方式，让逐渐湮灭的传统农耕文化得以很好地保存。

四

一个历史文化底蕴深厚的地方不可能不产生英雄和俊才，是的，下南村现在知名度最高的是建于清代距今有三百多年历史的林修明故居，而让下南人为之骄傲的英雄就是林修明。

林修明（1885—1911），字德昭，新铺镇下南村人，黄花岗七十二烈士之一。父亲林云轩，早年到东爪哇（印尼）勿里洞当矿工，经多年惨淡经营，办起了小锡矿业，育有五子，林修明排行第三。林修明7岁回国读书，19岁肄业于上海中国公学。光绪三十一年（1905），他赴日本体育学校攻读，以求强身救国。这一期间他与旅日中华革命党人过从甚密，遂于同年加入同盟会。光绪三十二年（1906），受同盟会指派回国，在家乡县立中学堂任体育教员，向学生灌输革命思想，发展同盟会员，从事推翻清朝统治活动。

光绪三十三年（1907），梅县松口革命党人谢逸桥、温靖侯等，请姚雨平、林修明和张酿村等到松口商议集资筹办松口体育会，决定以先贤温仲和的学堂"悠悠见南山之斋"为会所，作为党人进行军事训练的学校。林修明受聘为教员，教习体育和一般军事技术，因平易近人、教学认真，倍受学生的尊敬。任教期间，林修明在校组织同盟会，秘密发展同盟会员。次年，又在丙村三堡学堂及松口中学任体育教练。其间，曾担任叶剑英元帅的老师。

宣统二年（1910），林修明奉命赴广州参加举世闻名的辛亥"三二九"广州起义。1911年农历三月二十九日下午5时，黄兴亲率所部先锋队由小东营至两广总督署衙门，林修明奋勇当先，力战清兵，在激战中不幸中弹牺牲，留下了25岁的妻子和年幼的儿子。

民国元年（1912），家乡集会悼念林修明，其师林岳东撰联云："修到此生，碧血史中留姓氏；明而赴死，黄花岗上悼英雄。"另有一副挽联道："结七十二烈士奋撼衙官，性命作牺牲，誓成碧血千秋业；为四百兆同胞谋造幸福，头颅真价值，合伴黄花万古香。"

今年已经82岁的林仕惠是林修明的大孙女，她动情地说："我的爷爷是个坚定的革命者！他家境富裕，本可以安稳度过一辈子，却选择了参加革命，为国牺牲，他的精神激励着林家一代又一代人。"

五

每一个地方都一定会有鲜为人知的传说故事，何况有600多年历史的下南古村落，笔者通过采访和查阅资料，整理出不少民间传说，在这里推荐一篇以飨读者。

话说南山嶂。南山嶂海拔642米，横亘新铺下南村南面，历来被称为蕉岭县的南大门；东西群山起伏，数十里连绵不断；背靠梅县的石扇、城东、白渡，面向石窟河、石扇河，主峰南山嶂，西与香炉嶂、四姑嶂紧紧相连、形成蕉岭县南部的屏障。

南山嶂主峰北面，有一块十来丈（一丈约等于三点三米）宽阔的岩石，石面平坦，中有神坛，四时香火不绝，相传是"把守仙人"的神位，"仙人"把守南山嶂，保佑山下风调雨顺、五谷丰登。据说当年八仙到西天王母娘娘那里赴蟠桃宴，因为高兴，众仙都喝得醉醺醺的。八仙赴蟠桃会后，路过南山嶂，见这里山峦起伏，翠木葱茏，环境优美，而且山腰有一碧绿的深潭，于是乘着酒兴按下云头，在水潭边游玩了一番，然后飞到接近山顶的一块天然石台上，八仙坐下，边品佳茗，边赏美景，因为有这样一个传说，所以后人便在这里立了个神位。石台前临十几丈的深谷，两边是斧劈刀削般的峭壁悬崖，地势险峻，人如果掉下去必死无疑。但相传曾有人掉下去却安然无恙，于是众说纷纭，有人认为幸好得"仙人"托住，失足者才能绝处逢生，这个神力无边的传说，更为南山嶂添上神秘的色彩。其实，这并不是仙人保佑、神力无边，而是特殊的自然条件使然。原来这高崖深谷间长着千年古树，大的要几个人才能合抱，其中多是米圆树，学名叫珍珠栗。春来树叶茂盛，秋至叶落深谷，年年岁岁，落叶堆积成厚厚的叶泥层，和今天的保护网一般松软如棉，就是人掉下去也不致受伤。正因为厚厚的枯叶泥层，积蓄了大量水分，渗透至主峰下，汇成涓涓溪流，供山村饮食灌溉之用，历来政府定此山为水源山，不许砍伐其中树木。另外，从南面吹来的海洋风，从北面来的冷气层，常在主峰会合。每当黄梅雨季，南山嶂云笼雾绕，俗称"南山嶂戴帽，掌牛郎有三日嬲"。这时天雨连绵，天天放牛的也可休息了。南山嶂在保护水源、调节气候上有一定作用，所谓仙人保佑，只是自然现象的神化罢了。

从"把守仙人"朝东南往上攀登，走过斗折蛇行的羊肠小道，才上到最高点。来到这里——环顾苍穹，几乎手可探天；俯览群山，起伏连绵，有如碧海波涛，人似置身孤岛，俨然脚下兴波。北望皇佑笔如在眼前，东望阴那山，隐约若现。石窟河蜿蜒如带，由北南流，出没于群山万壑平畴之间，气象万千。从山顶南面东行，一样崎岖坡陡。要手攀着小树，侧着身子，一脚一步，缓缓而下，来到主峰东面，另有一番景色。

清早，可听晨鸡报晓，眼看一轮红日从云海茫茫的东方升起，真有李白《游天姥山》的"半壁见海日，空中闻天鸡"的意境。循声望去，绿树丛中，几间白墙瓦屋，鸡犬相闻，这里是山村人家——芋子窝。有竹篱茅舍，有走马楼房，有悠扬的收音机乐声混合着山间鸟语随风飘送。

叙写底蕴深厚且具有历史厚重感的下南古村落，我们很难从赞赏乃至感动中获取诗意洞察和精神感悟，但我们可以俯下身来，拾掇那些河水里流过的祖辈的目光，梳理那些古楼古屋中的斑驳岁月以及散落在长长的古道、古街上的历史足迹和回声，然后，你就能在时空的对话里，获得厚重但不失透亮富有现实意义的审美。

镇 南 八 景

　　大自然的鬼斧神工总让人赞叹不已，以至于在人类长期的疑惑和探索中产生了许多神话传说，也可以说是人们在生产生活中渴望实现内心的愿望和梦想祈盼神话传说的产生，好像至高无上的神的力量方能诠释眼前的景象，方能让压抑于胸中的块垒彻底释放。虽然，时至今日，大部分自然现象已经有了科学的解释，但我们仍然愿意它们保留一些神话传说的神秘，以体现和凝结人们对自身和外界的思考和感受。这些神话传说不仅包孕着浓郁的情感因素，更是人们为了安放某种心灵寄托以表达某种情怀而创作的。

　　当然，前面的话并不是为下面要介绍的内容做铺垫，也并不是说我要写的"镇南八景"有什么特别过人之处，说实话，"镇南八景"绝不可能与名山大川相比较，与之相比，它们很小，可也正因为它们的小在我心中却无比之大，总让我想用文字记述下来，或急于想将它们介绍给读者。诚然，除了因为它们是我深爱的故乡的风景，并承载我太多的记忆和情感以外，镇南八景的旖旎风光确实也还是值得我们浏览、抒情一番的。

新铺镇，位于蕉岭县城最南端，旧称镇南乡，所以才有"镇南八景"之说。新铺镇由于地处武夷山余脉，海拔不高，多为丘陵地貌，山虽不高却多俊秀，又得到蜿蜒南行的石窟河的配合，故也有不少奇峰胜景。在蕉岭历代文史册牍中，"镇南八景"的文字记载相对于县域内其他景致来得要早，明朝就已经有"镇南八景"的有关史料了，也因此曾引来历代众多文人墨客纷纷为之题诗作画。久而久之，独具灵韵的镇南八景也就自然而然地成为千年古镇新铺的一张名片，所以，无论是新铺本地乡人还是来新铺游览的宾朋游客，游完千年古镇和美丽乡村以后，不可不了解这些久负盛名的景致：仙岩古洞、文峰东峙、天然美女、石窟深渊、武仙奇峰、双瀑凝翠、槟榔献瑞、石峰幽径。

这些景点和与之相关的神话传说用文学的形式表达出来，我想是最恰当不过的了，因为文学的魅力在于我们可以从作者文字的外延走进文章的内部，通过叙述和描写让时空在史册中长期留存，通过联想和想象进入它的内涵，继而走进作者寄托思乡情怀的内心。

仙岩古洞（燕子岩）

岩前挂起石灯笼，削凿无痕大窟窿。

洞穴天成深几许，休论鬼斧与神工。

这首诗是清代诗人白石山人赞美"镇南八景"组诗中的第一首，或许由此可见仙岩古洞在"八景"中的地位。

仙岩，又称燕子岩，也叫狮子岩，在金丰乡油坑村西山下。地名考是复杂的，但往往都会有迹可循，就像"燕子岩"，因为石山上的岩洞里面居住着很多燕子（石燕），久而久之当地人就叫这个洞穴为燕子岩，又因为石洞外面的石山外形像一个躺着的狮子所以又叫狮子岩。虽然燕子岩算不上什么名胜，但说起它的一些传说掌故来也能让你产生不少兴趣。据老辈说燕子岩是因燕子仙而得名的：从前，在月白风清的深夜，总有一位穿白长裙的仙女从燕子岩顶轻盈地飘下来，慢慢走进乡村里的寻常百姓家。据传白衣仙女是燕子岩中的精灵，经过几千年的修炼终成正果，成为地仙。她是一个善良的女仙，慈悲为怀，经常暗中帮助受苦受难的百姓，或送粮送米，或送医送药，或惩恶扬善……就像我们当地耳熟能详的《田螺姑娘》的传说故事一样，田螺因为爱慕勤劳质朴善良的男青年，所以晚上从水缸里出来变成美女帮男青年烧火做饭、洗衣打扫。记得很小的时候还看过县山歌剧团演过的《田螺姑娘》这出戏，那个美丽的女主角还是我们本乡人呢。也许是燕子仙的演出道具比较复杂，所以没有人写剧本上演，不然一定会很好看很感人的。

其实，神话传说本身就承载着百姓内心的梦想和祈盼，而且我听过好几个人讲过燕子仙的神话故事，他们讲故事时脸上都充满虔诚，而且语气里满是景仰和崇拜。

小时候我曾到过燕子岩，当然不是为寻找仙人而去的，那时还不知道有这个神话故事，我们几个小伙伴只是到那里掏鸟蛋，石山上的小石洞里有很多鸟在那里做窝，粗心的鸟妈妈有时会忘记用草掩盖洞口。后来为写一篇红色故事再一次到那里，找了当地一位健谈博学的老者，在讲完正题之余谈起燕子岩，才把那里的所有掌故一股脑记录下来。根据老者说，在燕子岩顶的大石纹理上，依稀可以看到有飘飘欲飞的仙子姿态，有时仿佛石洞里有白影子在飞，还能够感觉一阵阵香风弥漫开来。我想，这应该是因为人们心中的虔诚期盼所致吧，心有所思动有所觉嘛，但看老人说话时的那种神态，又让人感到或许真的是与燕子仙有关。

后人为纪念燕子仙帮助乡人的功德，在洞外还建有仙岩寺。仙岩寺左边原有一座关帝庙，寺右为观音宫，由观音宫与寺相连的通道进去，便是仙岩。仙岩有一道石门，厚数尺，宽丈许，门旁左右各悬有一个石球，即是当地人说的淡红色石灯笼。现在，右边的石灯笼还在，左边的已破损。据村里人介绍，清乾隆年间，当地的进士杨聿参（字方岳，雍正年间中进士）年轻时与村中青年嬉戏，不小心用石头把左边灯笼打了下来。这个传说是真是假，因年代久远也无从查考了。

进得洞来，有数不清的不同形状的石块，错落两旁，传说这是当年仙子泡茶、吃鲜果的石桌石凳和日常应用的器具。岩洞入口处较宽，愈进愈窄，前行百步，岩顶渐高，中有一菠萝殿，形似菠萝，大约有好几丈深，黑暗中感觉高不见顶。岩洞里有很多石燕飞翔，横斜穿梭，好不热闹。洞底有一水池，宽四米，长数十米，冬则干涸。水池里的水清澈透明且寒光凛冽，经过那里时会感觉冷气袭人。绕过水池再进丈余则为一面较大的石壁，壁中有缝，宽约一米，深不见底，人们不敢再进。岩壁上依稀还可看出骚人墨客游览燕子岩时即兴题的诗句，不过大部分字迹已经看不清楚了。幸好石壁上仍保存有一处摩崖石刻，上有阴刻楷书"为善最乐"四个大字和四十八个楷书小字，据博物馆的朋友说，燕子岩摩崖石刻是蕉岭县仅存的石刻古迹。

燕子岩值得纪念的还有两个掌故。1928 年 3 月，中共蕉岭县委在油坑燕子岩召开了一次会议，史称"燕子岩会议"。会议主要内容是分析新铺暴动后的形势，研究斗争策略，发展党员，整顿健全工农武装，部署各乡建立赤卫队，燕子岩会议为蕉岭革命力量开展武装斗争指明了方向。当地的革命者张宏昌参加燕子岩会议以后，发动蕉头窝石灰工人成立了石灰工人工会，举行罢工斗争，迫使石灰厂老板答应工人的条件，为工人争取了八小时工作制。罢工斗争胜利后，随即成立了石灰工人赤卫队，自制土枪土炮，打击土豪劣绅，壮大革命队伍，革命斗争形势高涨，逐步形成了以油坑为中心的革命据点。燕子岩因革命战争年代的一次重要会议而成为蕉岭的"红色风景线"。

20 世纪 80 年代初，燕子岩的洞窟曾建设为战备油库，据说岩洞在原来的基础上挖得更宽更深，里面放置有很多大油罐，而且开掘了好几个地下出口，有通到山上的，也有通到石窟河底的，不过从没有人见过。当时燕子岩四周建有军营，周围的石山上围有铁丝网，外人进不去，幸运的是，那时我在新铺中学教书，曾带学校宣传队到部队慰问演出，但活动范围也仅限于兵营内，没有走进燕子岩。

后来驻军调防了，燕子岩附近因为石灰石资源丰富，县里便建起了一间水泥厂。如今燕子岩周围的石山都因为取石烧制水泥挖得面目全非了，但岩洞还在，听说近年当地政府出资修缮，欲将燕子岩恢复原样。

这倒是一件大好事。

文峰东峙 （油坑倒笔）

与燕子岩遥遥相对的风景是一座叫作油坑笔的高峰，位于油坑村以东。峰顶有一天然石柱，巍然独立，高耸于群山之上，让人仰视。该峰峭拔笔直，形似倒插的毛笔，故乡人称之为油坑倒笔，或许是因为"倒"字不吉利，又或许是因为不顺口，后人干脆简称为"油坑笔"。油坑笔我从没有到过，也许是因为太远，又或许是年轻时没遇到好时光，忙于生计不得空闲，年纪大点了生活好了可又走不动了。但远眺油坑笔还是可以做到的，无论是在新铺镇附近还是靠北的长江尖坑、南边的南山霭岭均可望见山峰上那座天然石柱，可见其山峰和石柱之高耸。油坑笔与蓝坊乡文峰笔齐名。油坑笔、文峰笔与新铺镇南面的南山嶂，都在石窟河的东南面，连绵起伏，三峰鼎立，俨如笔架，俗称"笔架山"。

笔架山在风水学中陈述的功效是利科甲、旺文才，也旺官贵。笔架山根据不同的形状又可分为不同的"格"，功效自是不同，但终究都是有利于出人才的，因此旧时甚至现在不少居民建房，都会将大门对着笔架山，祈求当世或后世能多出些出类拔萃的人才。风水说虽不具科学精神，这种愿景是无可非议的，特别是以读书耕田为人生目的乃至奋斗目标的客家人。

当地清代诗人白石山人的《镇南八景》组诗中，其中一首七律就是描写文峰东峙的：

镇南一柱可擎天，零落郊原似散仙。

枝干恍同秦树直，浓荫低压岭云千。

壮士昔曾仗剑立，美人犹自倚戈旋。

多少鸿蒙英气在，朝霞暮霭尽含烟。

诗歌是很有画面感的：擎天的镇南一柱和散仙表面看似毫无比拟性，但细细思忖反而觉得更加形象逼真，倒是觉得很有点相似于铮铮硬骨为民请命却落魄无奈的屈子形象；壮士与美人的意象特征又使山峰因刚柔相济让人产生丰富的联想。

据老辈说，登上新铺圩头杨总馆看油坑笔是最佳位置，站在那里向东望去，可见层峦之上，文峰挺拔，峰尖刺天。云环雾绕时，峰顶露出丛树之梢，俨然南天一柱，顶天立地；朝阳初上，更见金光掩映于峰尖左右，恍如一支正在燃烧的蜡烛。

其实，文峰东峙也是有神话故事的。相传当年愚公移山的精神感动了玉帝，玉帝便派夸娥氏二子背负太行、王屋两座山到南海去安放。两小子走到地处武夷山余脉的蕉岭县境内时，望见了白浪滔天的南海，以为只需半天的脚程了，一时高兴，便商量着歇一会儿。他们把一座大山放在石窟河西边一个叫尖坑的地方，另一座山放在河东叫油坑的地界，歇了一会儿，他们都觉得有力气走路了，便又把山背上，谁知当初两小子放下山休息时都忘了要小心轻放，山崩了两个小角，分别留在了尖坑和油坑。留在尖坑的比较圆，比较小，单独长在田野中间，后人就叫它为"圆墩岃"（岃，读音 rèn，客家话中指山脊）；留在油坑的山角比较高，又在东边，所以称为"文峰东峙"。

文峰东峙因为它的雄奇瑰丽而成为"镇南八景"中的一景，圆墩岃也因为是抗日英雄谢晋元将军的家乡而成为"红色风景线"，看来这个神话传说本就应该是有渊源有故事的了。

天 然 美 女

天然美女维纳斯，婀娜婷婷不挂丝。

千万年来娇体态，朦胧如梦亦如诗。

记得初读白石山人的《咏狮山美女献花》诗时，看到了"维纳斯"的字眼，还以为作者是近代诗人，以至重新翻阅史料，发觉竟然是自己错了，明清时期，随着中西方商贸的交流发展，中西方的文化艺术也开始相互交融。

大自然的鬼斧神工确实是值得我们惊叹的，譬如山形，宛如美女的应该也有很多，因为在古代的文史和诗词歌赋里都有记载，而我有幸亲见的也有好几处，但像狮山嶂的"天然美女"那样的却确实不多见，因为它的相似度非常高。

"天然美女"坐落在新铺镇圩头杨总馆北边的普和寺侧的狮山嶂，狮山嶂是当地除"油坑笔""南山嶂"以外海拔第三高的山峰，它虽然没有油坑笔的高耸，也没有南山嶂的横亘绵延的"霸气"，却独具南国风韵的绰约温婉，也因此，远远眺望狮山嶂，很容易就能看见一个大自然精心雕琢而成的少女像。

那少女的头稍稍后仰，全身斜靠在山顶，如沐浴后慵懒的美人，玉臂、丰乳、蜂腰、肥臀、美腿……女性的美充分显现出来，惟妙惟肖，很容易让人想起古代四大美女之一的"春寒赐浴华清池，温泉水滑洗凝脂。侍儿扶起娇无力，始是新承恩泽时"沐浴刚毕慵懒娇羞的杨玉环来。

天然美女的头部高约 160 米，颈部约 250 余米，颈部以下至足部绵延至山脚，整个美女形象连基座依山势测量千余米。人们自狮山嶂下的茶亭向南行，举目远望，美女便映入眼帘，这是观赏天然美女的最佳角度。晨光雾霭，美女仿如沉睡在朦朦胧胧的纱帐内，隐隐约约的美让人浮想联翩。由于中华传统文化的含蓄、隐约、朦胧的诗意特点，对朦胧美的偏爱也就融入了民族的血脉，更得到众多文人墨客的喜爱。轻雨迷蒙，美女好似在洁净的清汤中沐浴，光滑的肌肤惹人遐想，以至于难以自持。霞光夕照时，霞光、夕阳将美女的曲线展现得淋漓尽致，让观者窒息……

当然，这样的美女如果没有神话故事肯定是美中不足的，也肯定会被"有识之士"们极力"吐槽"，幸运的是有一个凄美的故事让后人为天然美女的遭遇唏嘘，为之感慨万千。

嫦娥管辖的月宫里仙女如云，她们经年累月，各司其职，极少离开宫殿到别处串门，也因此她们极少见到男仙，偶尔有男仙过来找嫦娥喝酒，不是极老的，就是长得歪瓜裂枣的。曾经有一位长得壮实的天蓬元帅，因喝醉酒调戏嫦娥被贬下凡，结果投错了胎，投到母猪肚子里成了猪妖，他就是后来《西游记》里的猪八戒。其实，大家容易忽视的是月宫里还有一位常驻的男士，那就是吴刚。他本来是专门培育月宫里桂花树的仙人，一直也兢兢业业且规规矩矩，独自在桂花园里拾掇桂花树。有一次嫦娥到桂花园检查工作，发现树下有很多花瓣，吴刚只是每天捡一些新鲜硕大的花朵交给太乙真人炼丹药，其余的都堆在树下任其腐烂。嫦娥是善良且有普济众生之心的大仙，思量一番后便派一名小仙女负责收集落花并将这些鲜花撒向凡间，自此，凡间的人经常会闻到来自天庭的一阵阵桂花香，这就是另一个神话故事"天女散花"的由来。接着的事是不言自明的了，吴刚和小仙女的事被王母娘娘知道了，王母娘娘严厉地斥责了嫦娥，更是残酷地将小仙女贬下了凡间。

吴刚非常气愤，便天天砍树不止，可是不管怎么砍，桂花树就是不倒。一斧子下去树身树皮又长成原样，天庭里谁都知道是王母娘娘搞的鬼，可谁都不敢说，傻傻的吴刚也依然傻傻地年复一年日复一日地砍下去。

小仙女被贬到凡间后，总忘不了吴刚，便斜倚在狮山嶂顶，长久望向天庭，希望能见吴刚一面，所以狮山嶂又有人叫作"望夫山"。据说每逢圆月之夜的子时，吴刚便会停下手中的斧头，和小仙女遥遥相望，以解相思之苦。

神话故事虽如是说，但从未有人亲见，我也曾在月圆之夜目不转睛地瞪着，想成为发现仙踪的第一人，终究是没有看到，最后眼睛累得花了，也就没有耐心看下去了，我想，也许这就是仙人和凡人的区别吧。

石 窟 深 渊

　　石窟深渊，就深渊一词也够让人有太多的联想和想象了，成语"如临深渊"，临，靠近，深渊，深水坑，释义是如同处于深水坑边缘一般，一看这个成语就让会人产生恐惧感。《诗经·小雅·小旻》有"战战兢兢，如临深渊，如履薄冰"的语句，我觉得"战战兢兢"这个形容词用得特别好，因为我深有体会。

　　石窟深渊位于新铺镇南山村，在村子后面横亘县域最南端绵延数十里的南山嶂的山腰上，它靠近蕉岭与梅县的交界处，距新铺镇约5公里，离梅县白渡悦来圩不过2公里。

　　年轻时，曾和朋友慕名前往，亲睹以后，除叹为观止外却也确实感到不寒而栗、战战兢兢。石窟水面在地表平面下10多米，望之让人顿生恐惧，所以叫石窟深渊；况且潭水诡蓝诡蓝的（用诡蓝这个词是因为确实没有办法形容深渊水色的原因），水深莫测，神秘异常，朋友们均莫敢近前，只是远远地观望。时值阴天，山风阵阵吹来，绕石窟旋转，发出如泣如诉的响声，因为感到诡秘，所以未敢多待，急急下山去了。

　　山下有一小店，我们便在店里喝茶压惊。店主是一位古稀老者，我们便向他打听石窟深渊的由来。老者看了看我们，笑了笑："去看石窟深渊了吧，是不是有点害怕?"我们老老实实地点了点头。老者接着说："别说你们，我们本地人都不敢近前，到了晚上更不敢去。"随后老者一边泡茶一边给我们讲有关石窟深渊的神话故事：相传南海龙王其中一个儿子因犯天规，被玉帝贬至石窟河，到这里自然只能当个小河神了，本来就心情不佳的小龙经过长途跋涉，到南山嶂时，已经又饥又渴，且还要翻过高高的南山嶂，想到远离南海且前途渺茫，因而大发雷霆，高高跃起，用巨大的尾巴一卷一扫，在南山嶂的山腰上卷起一个深深的石窟来。谁知道凑巧这个石窟的下面有一条地下河，河水不断往上涌，很快就形成了一个深潭，小龙王本是无心之作，谁知竟有此巧合，干脆就把石窟和石窟河打通，在这里做起水陆大王来，并因它的乖戾性格使世人恐惧。

一听这神话故事也就知道是"蒙人"的，老者讲完这个故事自己先笑了。随后他说："不过我倒还听过上代人讲的另一个传闻，几百年前，我们林氏先祖从大埔县迁来此地，要建房子，恰好这个山头是石灰岩质地的，便凿石烧石灰，一代一代，经年累月，随着人口增多，需要用于建房的石灰也增多，久而久之就凿成了现在的石窟深渊。"我觉得这个解释更恰切些，因为南山嶂四周确有不少石灰厂。

不管如何，此石窟突兀于群山的山腰上应该是很奇怪的了，因为周围没有水源，无流水出入，靠山上的林木和土壤蓄水也有限，况且山溪水又不流进深渊，而潭水诡蓝，水深莫测，而且石窟水面相当稳定，虽大雨数日，石窟水面亦未见涨落，因此，有专家猜测是深潭与另一洞窟或地下河相通，也可能真的通往数里外的石窟河。

石窟窟面呈椭圆形，纵约 300 米，横约 200 米。南岸悬崖峭壁，参天古松，倒映在潭水里，令人惊叹。若向南打个"号子"，山鸣谷应，有如松涛怒号，回声不绝。曾有人想测量深渊潭水的深度，连接 17 条 5 米长的麻绳，一头绑上大铁块，麻绳放完，还没有触到潭底。

此石窟不只是"出身"奇，四时或风晴雨雾时景色各不相同更是奇。或许是水深的缘故，又或许是深渊诡秘莫测的原因，不得而知。有诗云：

> 笔架山头雾渺茫，奇岩巨窟隐殊方。
>
> 深渊百亩浓如墨，淘写天南第一章。

武仙奇峰

> 岭东胜地拥奇峰，毕竟南方境不同。
>
> 山顶天公添画笔，岩挽犹自起尖峰。

"武仙奇峰"成为"镇南八景"之一的关键就在于一个"奇"字。一是形状的奇，从不同角度看，山峰的形状都不一样，真是"远近高低各不同"；二是传说之奇。

武仙奇峰位于金沙乡中央。如果你在石窟河边散步，或由新铺圩坐船顺水而下——远远望去，整座山峰颇似骆驼，巍然独立，峰顶浑圆，仿如突起的驼峰，所以被称为"骆驼峰"；再细看峰顶又像是少女胸前挺立的乳头，散发着诱人的青春气息，充分体现着年轻女性的美，所以又叫作"乳姑岽"；而它的奇特还在于从另一个角度看，可看见一座像人形的小山在浑圆乳头的山顶上探出身子来，望着石窟河流水南向韩江、汕头出海口的远方，像在等待着什么似的，有点像传说中的安徽省涂山上的"望夫石"。

我虽然没有去过涂山，但我听过这样一个凄美的传说故事：相传在4000多年前，我国黄河流域连续发生特大洪水，黄河改道南流，夺取了淮河中下游河道，黄河夺淮入海使得整个民族陷入空前深重的灾难当中。这时候，部落首领尧主持召开部落联盟会议，研究水患问题。会上人们一致推荐有治水传统的夏族首领鲧，也就是禹的父亲主持治水。鲧采用"堙障"的办法，修筑堤坝围堵洪水，但是洪水如此凶猛，所修筑的堤坝频繁地被大水冲垮，最后鲧因为治水不力而被处死。禹继承父志，决心根治水患，造福黎民，为了找到治水的良方，他跋涉千里，从黄河流域来到了淮河边上的涂山。最终禹凭借一片坚贞，从涂山氏部落酋长蒙那里得到秘藏的《水经图》，同时赢得了蒙的爱女的芳心。蒙的爱女也就是司马迁在《史记·夏本纪》中所记载的"夏后帝启，禹之子，其母涂山氏之女也"里的女子。禹娶了涂山氏女，婚后不久便离家治水去了，一别十三年没有回家。禹采用疏导的方法治水，他开渠排水、疏通河道，把洪水一路引向了黄海。为了疏通淮河，禹劈开荆、涂二山，从此这两座山便夹淮河而对立了。而此时他的妻子涂山氏生下了儿子启，婴儿正在哇哇地哭，禹从门外经过，听见哭声，但为了治水，狠下心来没进去探望，"三过家门而不入"的千古佳话就此流传。

涂山氏女日夜向丈夫治水的方向远眺，但望穿秋水，也不见禹归来。她朝思暮想，最终精诚所至，化作一块望夫石，端坐在涂山的东端，后人把它叫作启母石，而涂山氏女这一望，就望了4000多年。

其实，在旧社会，地处韩江水域的客家女子的命运更为悲惨。由于战乱不断，民不聊生，老百姓极度穷困，生活难以维持，为了生存，也为了改变个人或家族的命运，客家男丁们辞别父母妻儿，一批又一批到南洋谋生，而女人们则留在家中侍奉父母，养育孩子。有一首山歌这样唱："阿哥出门去过番，阿妹送郎在门前。千山万水难见面，远隔重洋转来难。"正如歌里唱的，客家女子们含辛茹苦守着家园，苦苦等待，能够等到儿子、丈夫荣归故里或安全归来的少之又少，往往终其一生也见不到远去他乡的儿郎、夫君。也因此，"望夫石"也就成为当地妇女悲惨遭遇的一个写照。

这座山峰当地人还称为"武仙岽"，这是从祖辈流传下来的神话传说中来的。相传，从前有个武仙曾巡游到山峰上空，站在云头上俯视，山峰形状像浑圆的槟榔，峰顶又像少女的乳头，突出的岩石像极远望等待夫君的神女，石窟河从山脚下流过，又给山峰增添了几分秀美和柔情，武仙觉得"奇"，便落下云头，巡查了一番。据说至今山峰的侧面一块裸露的岩石上，仍留有两个大靴和几个马蹄的印迹，都说是武仙坐骑的蹄子和他穿的靴子印上去的。因为此，乡人在山前建起一座"武仙庙"，经常有人设坛拜祭。武仙庙中有一首佚名题壁诗："阿蒙生小在山隈，客问仙宫何处来。笑指此山山石下，马蹄古迹湿苍苔。"

双瀑凝翠

中国有十大瀑布，但广东却没有份，当然就别说是地处武夷山余脉丘陵地带的广东蕉岭了。由于地理环境和山脉走向的原因，蕉岭高大的山峰极少，所以瀑布也不多见，能见诸报端的也只有"一线天瀑布"和"龙潭瀑布"。蕉岭的瀑布均只能以英雄传说或神话故事取胜，而新铺镇金沙村西边吊钟岽上的一处双重瀑布更是极少有人知道。

但无论多么隐秘多么不起眼的景物，都会被"多事"的文人墨客搜寻出来，而且可能会因他们的文字渲染一番而后成为传说中的美景名胜，譬如《永州八记》的永州，譬如《醉翁亭记》的醉翁亭。当然我没有拿文学泰斗们开涮的意思，而且绝对不敢，因为我是个货真价实的"小人物"，我只是惊叹这些泰斗们"化腐朽为神奇"的"功力"。事实往往就是如此：笔下的、画上的、口中的永远都与实际视听里的现实有些差距。譬如这个"双瀑凝翠"，因为是双重的瀑布，且从青山翠谷间流泻而下，轻柔清澈，如珠玉串成的白色珠帘，所以被古代的文人们起了一个很美的名字"双瀑凝翠"。但我真的没有感觉出"凝翠"的实质来，哪怕去过两次。不过应该说仍然还是有一些观感的。

　　景点的双重瀑布高差约 80 米，分为两段，上下两段瀑布长度几乎相等，各 40 米；瀑面宽度亦相同，约 5 米。上段的瀑布在两山之间往下流泻，至山腰汇成一处水潭，蓄积在潭里的水清澈透亮，潭底的石块和游鱼历历可见；再往前 10 米左右，瀑布又在水潭的石沿复往下流淌，远远望去就像两段相连的纯白的水帘，摇曳于青山翠谷间。如果你站在对面的山上远眺，蓝天、白云、青山、翠藤、山花，所有景物都密切配合着缓缓流动的双瀑，像极画家笔中的写意山水瀑布图，一幅长长的卷轴悬垂在空蒙的天与地之间，显得飘逸而空灵。如果恰巧有几只大鸟从瀑布前悠然飞过，为这幅画增添更多动感，动静相融，那就真的是诗意十足的了；伫立瀑布前，昂首向上望去，白色的织锦从天上、从翠林山花间飘落而下，倘若阳光投射在缓缓而下的瀑布中，山间泛起一弯淡淡的七彩的虹，纯白、翠绿、浅红、金黄……色彩在视野里丰富起来，美不胜收；山风拂过，一绺一绺的流水如珠帘般连绵不断，飘飘洒洒，那种回旋在空山中的静美会让人忘乎所以，凝神入定；如春来或雨后，水流声哗哗作响，山鸣谷应，双瀑激荡，上下翻飞，雾霭迷蒙，水汽弥漫，清凉迎面吹来，令人顿觉清新自然，沁人心脾……

　　双瀑凝翠落差虽然不大，缺少些雄浑壮观，却多了不少诗情画意，不但让游览者怡情悦性，也与客家人的温和、和顺、和乐的自然随性的性格高度统一，更与寿乡蕉岭人随遇而安、与世无争的生活追求相融相生。更何况在这幽深静谧的山谷中出现不多见的瀑布，已经足以让人心醉而流连忘返了。难怪清代诗人白石山人会为它写一首温情脉脉的七绝：流云明灭似抛梭，幽谷青山拥翠螺。遥见天孙方织绵，白绫双匹上机杼。

我知道，双瀑凝翠中的"凝翠"二字肯定是有依据的，不然古代的文人墨客绝不会信口开河。也许是我了解得还不够深入，或许是我观察角度还不够到位，抑或是我的文学"功力"确实还很浅，不管怎样，我一定还会再一次游览双瀑凝翠，发现"凝翠"，以解心中疑惑。

槟榔献瑞

"献瑞"，呈现祥瑞。我在槟榔山下的新铺中学教了六年书，槟榔山像槟榔倒是说得恰如其分的——圆圆的，与群山隔开，独立在田畴之中，但无论如何也看不出它的"献瑞"来。我曾考究过是否有典故或是传说，但记载的资料乏乏，向当地老者了解他们也说不出"然"和"所以然"来。

槟榔山处于新店前、象岭、彭坑三个村子的交界处，是一座似大槟榔的圆圆的小山丘，它长约 500 米，宽 300 米，高出地平面约 50 米，整座小山的表面布满赭红色的黏土，远远看去山峰圆圆的红红的，所以当地人又称它为"赤岭岽"。

其实槟榔山是有神话传说的，不过与"献瑞"毫无关系，却与"镇南八景"中的另一个景点"文峰东峙"的神话传说非常相近，甚至可以说根本就是同一版本。因为是传说，所以也没有人深入考究谁是谁非，可能是因为小地方的小景点，不像秦桧的出生地或阿 Q 的出生地那么出名，所以也就没有争论抑或争夺之必要了。

相传当年玉帝被愚公挖山不止的精神所感动，便"命夸娥氏二子负二山，一厝朔东，一厝雍南"，背得久了，这两小子都觉得有点累了，便商量各自放下一座小山来，于是他们就把两座小山丘随手往远处一扔，结果一座被丢在新铺镇金沙村，山形像槟榔，就叫槟榔山，另一座则丢在了新铺镇尖坑村，圆圆的，就叫圆墩岽。因为这两座山丘都很相似，它们都是圆圆的小山丘，它们的表面都布满赭红色的黏土，而它们最大的相同点都是恰好都放置在宽阔的田畴中间，兀然独立，周围都是水田，与其他山绝不相连，所以，半信半疑的人倒也不少。

槟榔山下也就是山的东面建有一所原来名叫"镇南中学"现在改名为"新铺中学"的百年老校，据说最早是由一所书塾扩大修建起来的，浓浓的书香为槟榔山增添了文墨之气。

清代诗人白石山人为这座山写过一首七绝："峰前辟地树青葱，尽在金沙一境中。历代英豪齐献瑞，天公有意散春风。"诗中出现了"献瑞"一词，或许这就是"槟榔献瑞"的出处。现在看来，此种猜想还是可以成立的：因为诗人写的绝不仅仅是赞颂槟榔山的，应该也是歌颂这所学校的，"历代英豪齐献瑞"的诗句中意思就很明显。看来并不是槟榔山"献瑞"，而是在山下学校里读书的英豪，他们日后用知识为国家为家乡服务，隐含着回报故土殷勤"献瑞"的意思。

槟榔山北边有一座叫作回龙宫的观音庙，庙宇前有从深山里流来的清澈透亮的溪水经过，溪旁有几棵要两个人才能合抱的高大的古树，茂密的树叶遮天蔽日，恰好遮住了西边的阳光，溪水、古树、古庙，以及庙宇里修行的尼姑，为槟榔山增添了灵气；庙宇外观精巧玲珑，红墙和梁上木雕、屋顶飞檐做功极细，整体建筑既有中原庙宇建筑印痕的存留，又有客家建筑特点的体现；里面的内殿富丽堂皇，庙宇内供有观音菩萨供善男信女们供奉，相传此庙已有好几百年的历史了，因为灵验，且四围风景不俗，所以至今香火不断。

寺前有一座高数十米长十多米的古桥，石拱石栏，是一座设计精巧的古老的石拱桥。彭坑溪水从桥下潺潺流过，诉说着槟榔山和古桥历经的悠悠岁月。桥的四周被山树包围着，碧水红墙、庄严肃穆的古寺和古拙朴实的石拱桥与美丽的槟榔山风光相映成趣，倒不失为一处灵光别致的风景。

石 峰 幽 径

新铺镇的北方村与梅县石扇镇的交界处，有一险要的峡谷，名叫石峰径。峡谷两边全是矗立的高山峭壁，山岩陡峻崎岖，密林遮天蔽日。峡谷中间仅有一小径可以通行，奇诡凶险，真可谓"一夫当关，万夫莫开"。

然而，石峰径却在久远的岁月里一直矛盾着，因为进入它的内部，大自然的优美和险峻竟然很不协调地在此处共生共融：峡谷中有来自石扇蓝田的梅花河水流过，蓝田是梅州有名的风景区，是一个土地平坦的小平原，南宋时广东提刑杨万里（诚斋）咏梅州诗曰："一路谁栽十里梅，下临溪水恰齐开。此行便是无官事，只为梅花也合来。"从诗中可见诸多梅花沿溪生长而且一齐盛开，诗人因此而欣然而至。"十里梅"也许有夸张的成分，但雅致婉约的梅花足以为奇诡凶险的石峰径增添太多太多闲适优美的意境了，虽然这种意境确实矛盾得让人无法接受。古人还有《过石峰径》诗云："巉岩一径小，溪上几人家，石磷凭安屋，茅檐亦种花，蝉声带秋意，酒色上春霞，静与闲心适，都忘路尚赊。"所描写的意境与杨万里的诗歌意境异曲同工，无论如何也不会和"兵家必争之地""历史上著名战场"联系起来，它的诗意表述却恰恰是石峰径"桃花源"式的另一番大自然风韵。

　　更奇妙的是石峰径不但峡谷、村落矛盾，这条梅花河也是矛盾着逆天而行的。梅花河水流经蕉岭新铺的河段被称作"石扇河"，九曲十八弯的石扇河水，它的走势竟然是沿着这条山径由南向北流去的，与由北向南的石窟河相向而流，几公里后石扇河逆行汇入石窟河，汇入梅江、韩江，因此素有"石扇河水到江上"之说。

　　我曾多次到石峰径游览，竟然没有看出诗人杨万里笔下的那些娴静优美来，倒觉得我们本地的清代诗人白石山人的诗歌将石峰幽径描写得恰如其分："秦山峭壁见崔嵬，异代英豪莫乱开。只许蓝田梅花水，一泓独自破关来。"因为无论从隘口的哪个方向看，都会形成险峻的视觉效果。石峰径由于地势险要，又是通往梅县的要冲，故成为兵家必争之地，也是历史上著名的战场，曾有"夺得石峰径，随手占梅城"的历史记述。据说宋末民族英雄文天祥、明末抗清义士赖其肖均在此处安营扎寨，抵挡外敌。清同治三年（1864），太平天国部将汪海洋（康王），统率残部10余万占领石峰径后，随即潜袭占领嘉应州府梅城。革命战争年代，此处还是当地共产党游击队重要的革命据点，所以也被定为中央老区的"红色风景线"。

这里还有韩湘子挥鞭赶石的神话传说，据老辈说八仙之一的韩湘子，曾专程到此，他是为寻找峡谷里的岩石而来的。据传有一天，他口中念念有词，将手中鞭子一挥，山上的大石便一批批地自动跃起，滚入河中，然后，他顺着河水，把大石赶往石窟河入韩江，直至潮州，用于建筑湘子桥。这一传说虽属无稽之谈，却也给石峰径渲染上了浪漫色彩。

石峰径两边不但全是矗立的高山峭壁，而且密林遮天蔽日，所以石峰径被称为"幽谷"。石扇河水从峡谷中出来后直奔东北，春夏之际，山洪暴发，由于峡谷落差大，所以水流汹涌，轰隆之声，震耳欲聋，大有长江瞿塘峡水奔流而下的气势。

大自然的妙处就是这样，它往往愿意给有心和用心的人看出它的神奇和秘密，并准备好足够的素材让有心者享受特权去鉴赏、挖掘、记述，所以如果我们只是依赖阅读别人的描写文字，只能了解"镇南八景"的一个大概，要真正走进它的内部或真的理解大自然赋予景点的哲理和内涵，抑或更多的历史细节，还需要你亲自到千年古镇来，用心地游览一番。

蔚蓝·记忆

桂 岭 书 院

　　只要能够在历史风云中存在下来，我们就可以从历经岁月洗礼的古老建筑中找到人文历史的印痕，找到值得今人缅怀或者纪念的故事，甚至找出深刻而独特的历史意义和象征意义，因为，那些保留在时空里没有消失的遗物、遗迹上，留存着历史与现实的对话。

　　蕉岭中学校园内的"桂岭书院"就是这么一座意义非凡的古老建筑，它屹立几百年的风雨沧桑里储存着蕉岭文化教育的翔实履历。

　　因为职业的缘故，我曾经与桂岭书院朝夕相处三十多年，也因此我们像一对忘年交，又像一对相见恨晚的老朋友，彼此熟悉对方，我甚至能从它的一砖一瓦、一梁一柱，或者岁月斑驳的影子里感受到它的体温和脉动。

　　清康熙二十五年（1686），北京故宫的文华殿修建完成，康熙帝告祭孔子于传心殿。俗话说"无巧不成书"，这个始为太子读书处后发展为辅助皇帝管理政务，象征政治文化教育权威的殿宇与远离北京城近两千公里的闽粤赣边区小县城第一所公学"桂岭书院"同一年竣工，这是多么巧合又是何等荣耀的事。

据本县清代著名诗人、方志学家、教育家黄香铁所著的《石窟一征》记载："旧志清康熙二十五年，县令蒋弥高建义学桂岭书院于韩祠之侧。"又据《蕉岭中学校史》介绍：桂岭山下，原有一座城隍庙，在清朝提倡"讲学风气，树立社会清议，培植学术中心"的大气候中，知县蒋弥高决心创办书院，以做讲学之用。于是把城隍庙拆除，在韩祠旁建起了桂岭书院。据更深入的了解，桂岭书院实为蕉岭县域年代最古老的书院，亦为县内最高学府。

翻阅相关史书，有关蒋弥高县令的记述很少，只知道他于清康熙二十五年任镇平（蕉岭县前身）县令，曾作《谒韩祠》一首：

> 山斗何人不系思，谒来瞻拜大贤祠，
>
> 闻风百世犹廉立，原道千秋有见知。
>
> 鱼徙恶溪潭影静，云开粤岭瘴烟披，
>
> 姓名知共山河永，衰草凄凄锁旧碑。

虽然不能说桂岭书院是蕉岭文化教育的发源地，因为这样既不符合事实又否定和歪曲蕉岭文化教育源流，但它绝对占据着蕉岭文化教育史上无法取代的高度，这种高度不但有口皆碑，而且已经生长在蕉岭人的内心深处，并理所当然地在蕉岭文化教育史上具有里程碑式的象征意义。

　　我们很容易从历史记载中找到"桂岭书院"作为蕉岭文化教育里程碑意义的线索，而这些线索中的几个节点是不容忽视的。

　　据史书记载：县令蒋弥高创建桂岭书院后九十四年，清乾隆四十五年（1780）庚子春，县令周尧达谋诸邑绅士阖邑公，移址镇山下（现在地址），新建三层宫殿式楼宇，次年五月建成。乾隆以后，书院奉文由司库支领。

　　光绪年间重修桂岭书院。书院建筑面积扩大至 1100 平方米，由前、中、后三部分组成，主体建筑为砖木结构宫殿式楼宇，上下三层，有课室及房间各六间，内设讲学堂、书房、议事厅。书院前建有钟楼，二层结构，有二厅四间，为原桂岭书院大门及主讲办公、职员议事场所。原书院大门与书院主体中间有左右两条通道相接，通道两旁为单层瓦房，是生员住房及议事场所。这次重修，有当时本县贡生钟云扶撰写的《重建桂岭书院序》为证：

　　我朝文治覃敷，无远弗届。海澨山陬之士，罔不斧藻其德，被饰厥躬勉成。远到之材，而不以方隅自限，则学校树人之效也。桂岭书院，为邑兴贤育才之地，自同治甲子以来，频年遭乱，颓垣断瓦，多士伤之。

　　邑侯冯公，甫下车即有事于兴废举坠，而于书院尤三致意。岂不以天下之治乱系人才，人才之邪正由学校，则学校兴废之机即人才升降之运也。

　　顾或谓：地瘠民贫，鸠工何日不知。以一人之力筑万间之广厦则难，合通邑之资构数椽之讲舍则易。矧有基可借，非若创造维艰，顾令弦诵之场鞠为茂草，殆非所以振作人文奋兴士气也。

夫兵灾流离之后，镇之民力竭矣，然每当岁晚务闲，酿金为斋醮赛神之举，统十有二乡，而计之为费以巨，尤且捐输踊跃，唯恐后时。而况书院之复实关风化之原，其效尤大，彰明较著者。

与其靡费于鬼神，冀亡灵于冥汉，曷若挹彼注兹，卒作兴事，本旧制而变通之，借以上体圣天子作人之雅化，并期无负贤令尹造士之殷，怀其得失，奚啻霄壤判哉。是为序。

20世纪80年代末，我调入蕉中时，书院门前的钟楼仍在，做教工住房用，记得老职工陈维耀、好友刘敏均在这里住过，以后为了校园扩建被拆除。

桂岭书院见证了蕉岭教育从以科举为核心的旧教育制度过渡到近现代教育的过程，这个转折点是清光绪三十年（1904）。抗日志士、著名诗人、教育家丘逢甲从台湾回到家乡后，为实现教育强国之梦，旋即在"桂岭书院"创办了一所专门培训小学师资的"镇平初级师范传习所"，开创粤东师范先河，以此作为培养闽粤赣边区地方小学教师人才所在。办校之初，丘逢甲先生亲自讲课，"以实学训士""废除科举""课文外兼讲科学"。他将西方的先进科学思想灌输给学生，并开设有算学、生化、物理等课程，为改革旧的教学制度和培养新型人才做出了较大的贡献。

光绪三十二年（1906），丘逢甲因办学卓有成效，被聘为两广学务处视学、两广方言学堂监督，上任前丘逢甲将"镇平初级师范传习所"改为"镇平县官立中学堂"。同年，丘逢甲担任两广学务处视学兼广州府学堂监督，光绪三十四年（1908），被推举为广东教育总会会长。宣统三年（1911）被推为广东革命军政府教育司长。

1911 年，丘逢甲为"桂岭书院"赋诗两首并序。序曰：镇平城北山曰蕉岭，又曰桂岭，书院所由名也。蕉桂故粤产，今此山乃无萌蘖之存，濯濯者虚有其名矣，若于书院补植以存名实，亦山城一故事也，因赋二诗，寄衡南大令。

诗曰：

一

蕉叶飘零桂叶枯，东归片影岭云孤。

春风桃李新荫满，待补山城种树图。

二

绿天书带月宫香，问字人来满讲堂。

旁岭愿栽千万本，与公他日作甘棠。

民国三年（1914 年），镇平县官立中学堂更名为蕉岭中学，"桂岭书院"则为蕉岭中学图书馆。

这些重要节点记录着"桂岭书院"这座古老建筑作为蕉岭文化教育代名词的历史轨迹，刻录着蕉岭这座闽粤赣边城文化教育发展的时空印记，经历了几百年风雨洗礼的"桂岭书院"已经成为蕉岭文化教育底蕴深厚的象征。

我们还可以从桂岭书院的建筑里寻找历史的年轮，它的建筑风格、结构特点、梁柱雕琢都刻印着时间的纹路。现在的桂岭书院是传统的重檐庑殿式与砂灰砖砌墙、木梁架结构的客家走马楼式相结合的古建筑，楼高 3 层，长 25 米，宽 13 米，高 15 米，面积 1100 平方米。门廊卷棚顶，屋顶四面斗拱飞檐，上有花草果实祥云瑞兽彩绘；朱红横梁雕龙画凤，细致精美，一层正堂过廊厅与二、三层木结构外墙体均为穿花屏风，与楼上外栏均漆朱红色，与一楼白色墙面形成对照；三层外回字形通廊护栏上悬挂"桂岭书院"木质牌匾。书院首层走廊外中间立两根方形石柱，左右各立两根圆形石柱；首层中间为过廊厅，正面有穿花木屏风，屏风前安放丘逢甲铜像。首层左侧有石阶，可至二层。二层中间为厅，左右为书室及房间，外侧为回字走廊，廊廊相通，厅及房以木屏风为外墙，漆朱红色，显得古朴典雅。三层布局与二层大致相同。

桂岭书院属典型的砖木结合的客家走马楼式建筑，屋顶、飞檐斗拱和整座建筑外形又保持中原重檐庑殿式特点，中原建筑与客家建筑特色的相互融合，仿佛在告知人们客家迁徙源流，既体现了平稳庄重、古朴典雅的中国古代建筑特点，又凸显了中华文化融会贯通的意义。

桂岭书院正堂过廊厅恰恰就是校园中轴线的起点，这非常符合中国传统建筑讲究对称的建筑特点，也体现了儒家"和"文化中"平衡"抑或"中庸"的精神内核。我们穿过桂岭书院，沿着校园的中轴线一级级如钢琴琴键般的台阶往上走，由低音到高音，暗示和预示着学校不断向上发展的"步步高"，我们仿佛能从一代代学子登踏的步伐中听出百年老校承前启后的超强乐音。

走在中轴线上，我们还可以从蕉中人建造的校园人文文化中看到它的发展史，并在视听里获得曾经为这所百年老校的辉煌添砖加瓦的园丁和学子们的传奇故事。从桂岭书院过廊厅出来，映入眼帘的是"凤鸣桂岭"碑刻文化墙。碑的右边刻着"凤鸣桂岭"四个大字和几十个不同字体的"凤"字，篆隶居多，暗示蕉岭中学的历史久远和这所山区学校能够"山沟里飞出金凤凰"的含义，它与离学校不远的"龙门广场"遥相呼应，形成极具喜庆意义的"龙凤呈祥"。左边碑墙上刻有"桂岭英豪"碑目并刻写有序言：三省交汇，粤东山城，岭不高而山清水秀，域不广而人杰地灵。自宋以来，英豪辈出，雄才俊彦，颖脱频仍，尽显客家之风采，高扬桂岭之神韵。今思贤人以承鸿鹄之志，刻事略以励后学之人，是为序。

"桂岭英豪"系列碑墙共有十五块碑文，主要分两个部分：一是镌刻蕉岭部分名人的肖像和记述，或事迹或手迹或诗文，均为彰显他们的丰功伟绩，以鼓励蕉岭后人；二是"折桂榜"，刻列蕉岭中学自一九七八年恢复高考以来历届文理前三名学子名录及录取院校。碑一为宋代嘉应州首位进士蓝奎像及其刻于梅县大东岩岩壁上的手书"石釜灵响"拓本；碑二为抗清志士林丹九像及其绝命诗"负崖依险聚苍生，心与寒潭一样清。任是史官编不到，山灵知道此孤贞"；碑三为二十岁就上书朝廷提议蕉岭建县的赖其肖像及著名呈稿《请开筑镇平县城池呈稿》中的"总握三省咽喉，独当一面锁钥"文句；碑四是乾隆年间武进士徐庆超像及其为太后生日书写的墨宝"寿"字拓本；碑五为清代著名诗人、方志学家、教育家黄香铁像及其诗刻；碑六为道光年间被称为"铁笔御史""京华三支笔"之一的监察御史、书法家钟孟鸿像及其诗刻；碑七是抗日志士、著名诗人、教育家丘逢甲像及其《春愁》诗"春愁难遣强看山，往事惊心泪欲潜。四百万人同一哭，去年今日割台湾"；碑八为抗日志士罗福星像及其诗刻；碑九为抗日名将谢晋元像及其诗刻；碑十为世界著名数学家丘成桐像及其诗句"整理扮榆史迹，弘扬人杰风华"。碑十一为"折桂榜"，上有前言：*古楼书院，积淀多少文韵史话；百年黉宫，培育多少俊彦良才。先生仓海，业奠岭东，历代师长，培珍育秀，满园桃李芬芳；改革开放，春风化雨，众多学子，蟾宫折桂，杏苑频奏乐章。为弘扬优良传统，彰显蕉中精神，激励学子奋发向上，特设此折桂榜，旌表恢复高考以来历届文理前三名，树为楷模，立为榜样。海阔凭鱼跃，天高任鸟飞，吾辈当志存高远，勤学苦练，努力拼搏，实现远大理想。*

再往上走就是教学区了，这里我们可以看成是作为蕉岭文化教育史里程碑式的桂岭书院规模的拓展，更可以看作是桂岭书院文化教育精神的传承和延续，它的辉煌业绩已经载入史册，让人们记忆和缅怀。

当然，校园内还有"蕉中赋墙""百年流芳""传薪亭""文化公园""建校之光"以及遍布校园的大大小小的人文文化景观，它们与"桂岭书院"一起为蕉岭中学的文化教育事业默默守望在校园绵长的岁月里，润物无声。

如今，桂岭书院古朴的身躯仍然站立在历史的枝头，深情地注视着蕉岭文化教育的今天和明天，而我，此刻正站在桂岭书院顶楼的木质回廊上眺望。东方，旭日升起，历史的回声正在朝阳照耀下的朱红色飞檐上荡漾着、回旋着，像充满激情的时代风铃，摇响更加美好的未来。

蕉中校园里的桂花

　　人们常说，记忆是人生的底片，洗出来时已经时过境迁，但我不这样看，懂得珍惜过往的人总是会将心灵暗室里的底片用满满的情感冲洗出来，一而再再而三地阅读、感慨、回味，就像今天，高考刚刚结束，因为关切，又让我想起母校，继而想起校园里的桂花。

　　实话说，我喜爱校园里的桂花绝不仅仅是因为在蕉中教书几十年感情深厚而爱屋及乌，也不只是因为它赐予我太多的愉悦和灵感而且给了我丰厚的爱……我对它的喜爱，应该是由来已久的。

　　20世纪80年代末，我从老家的一所中学调入全县最高学府蕉岭中学，那时正好是农历八月，我来报到，还没有进学校大门，就闻到了一阵阵桂花香，向校园内望去，只见到处都是桂花树，金黄的花缀满了枝头，花香就是从那里随风飘送过来的。我陶醉了，虽然报到后因为学校领导安排我兼学生宿舍生活指导的事让我有点不快，但也丝毫没有影响我对桂花的好感和初印象。

　　以后三十多年里，我与桂花朝夕相处，由相识而相熟而相知而相爱，可以说，我对蕉中桂花的喜爱已经深入内心深入灵魂了。更重要的是：桂花引导和影响着我的人生，让我想方设法靠近它，靠近它的品质，靠近它的生命哲学和纯粹不虚假不张扬的品格。

　　我喜爱蕉中校园里的桂花，在于它让我拥有无尽的遐思。我曾在另一篇散文里记录过这样的一段文字："桂花之可爱，并不在它的外形和色泽，就这两点而论，桂花是难登大雅之堂的。它没有牡丹的'红紫纷披竟浅深'，也不能与'天下风流月季花'相媲美。它花形细小，颜色单调，花枝层次单一，丹青好手疏于拿它入画。然而，它却以独特的芳香赢得人们的喜爱。有人说，大凡香气浓郁的花'或清或浓，不可两兼'。如夜来香，味浓而不清，重浊得令人掩鼻，不免有'淫邪褒狎'之嫌。而桂花则清浓两兼，清可涤尘，浓可透远。伫立树下毫无重浊之感，数里之外也觉香气袭人。无怪乎人们对其冠以'九里香'之美名……"文章的最后我将桂花的这种特性比作山城人质朴无华的品质。而今天，我却强烈感受到桂花具有的象征意义与老师有更多相似之处：职业平凡，生活简单单一。曾经有这样的客家歌谣形容教书先生："教书先生无好贪，日日食哩作本衫。夜里又爱改卷子，白天又爱一二三。"教书半生、两袖清风——没有官场的轰轰烈烈，没有商场的纸醉金迷。我教书近40年，毋庸置疑，但我始终钟爱着这个事业，因为于我和大多数老师来说，教学任务繁重已经让我们无暇顾及得失，也因为教师生活乃至思想相对单纯，容易忘记或者说容易忽视这些无聊的烦心事。他们对教学、对学子的全情投入已经可以达到忘却一切的境地。教育教学的压力、责任、担当，学子的失望、失败、期待、成功、喜悦几乎占据着他们生活的全部。更何况"年年岁岁花相似，岁岁年年人不同"，接过一副担子，挑起一副担子，放下一副担子，周而复始，来不及"品味"窗外的喧嚣与浮躁、得失和名利，以及争权夺利、尔虞我诈。就像桂花，静静地开在校园里，不以外形和色泽哗众取宠、博得名声，而是质朴无华、默默奉献着自己的馨香；也正如蕉中校门的高考对联："三年攻读，园中是物应知我；一旦凯旋，天下谁人不识君。"对联准确地诠释了校园里的桂花和勤奋忘我的师生的品质，我钦敬的就是这样的与众不同……

我喜爱桂花，在于它给予我太多人生的启迪。夜阑人静之时，一个人走在校园的桂花小径上，踩着桂树下斑驳的碎影，阵阵花香随风飘送过来，此时，轻闭双眸，微张鼻翼，轻轻地吸上一吸，清清爽爽，心旷神怡，置身于幽香之中，飘飘然无物无我，默默中净化灵魂……生活中的所有烦恼、痛苦、彷徨、无奈都在纯粹的花香中消失殆尽。

我喜爱桂花，还在于它给我丰富的联想。满月之夜，披着月色，闻着花香，很自然地联想起"蟾宫折桂"的成语来，古人常以此赞誉秋试及第者，称登科为折桂。据传晋武帝泰始年间，吏部尚书崔洪举荐郤诜当左丞相，晋武帝问郤诜的自我评价，他说："臣鉴贤良对策，为天下第一，犹桂林之一枝，昆山之片玉。"后一句意为"我就像月宫里的一段桂枝，昆仑山上的一块宝玉"。用广寒宫中一枝桂、昆仑山上一片玉来形容特别出众的人才，这大概是"蟾宫折桂"的出处吧。温庭筠也有"犹喜故人先折桂"的诗句，蟾宫折桂成为旧时的读书人仕途得志、飞黄腾达的代名词，也成为众多学子为之奋斗、为之梦寐以求的人生理想。遥想当年倡办"桂岭书院"的县令蒋弥高先生，书院以"桂岭"命名，其深意不言自明。蕉岭中学创办人，近代著名诗人、教育家、抗日英雄丘逢甲先生在《桂岭书院赋诗两首并序》中写道："蕉桂故粤产，今此山无萌蘖之存，濯濯者虚有其名矣，若于书院补植以存名实，亦山城一故事也。"序中有言"以存名实"，可见此"名实"必定是来自久远的了。从另一个角度看，逢甲先生补植桂树应该与蒋弥高县令有同样的深意——期待莘莘学子勇于"折桂"之心清晰可见。

我喜爱桂花，还在于它把我引领到深厚的国学地界。当然，也正因为喜爱，才会去深入了解并去追根溯源。其实有关桂花的记载很早就有了：《山海经·南山经》提到：招摇之山多桂。《山海经·西山经》也提到：皋涂之山，其山多桂木。楚屈原《九歌》中有"援北斗兮酌桂浆""辛夷车兮结桂旗"的诗句。此外，桂花还象征着友好和吉祥。据说战国时期，燕、韩两国曾为了表示亲善友好，相互馈赠桂花。在盛产桂花的少数民族地区，青年男女也常以赠送桂花来表示爱慕之情。《吕氏春秋》赞称："物之美者，招摇之桂"，意指世界上最美好的东西，是招摇山上的桂树。说明桂花在古人的心目中，已成为美的化身。

再后来，许多文人墨客吟诗填词时将桂花作为赞美颂扬的物象。"亭亭岩下桂，岁晚独芬芳。叶密千层绿，花开万点黄。"这是一首很有名气的咏桂诗，是宋代理学大师朱熹所作。语言自然朴实，短短二十个字，就把桂花的生态习性、物候表现，以及挺拔的主干、层叠的枝叶和稠密的花朵，描绘得淋漓尽致，而且画面感十足。

"月待圆时花正好，花将残后月还亏。须知天上人间物，同禀清秋在一时。"由宋代诗词并佳的朱淑真所写。她运用委婉、细腻的笔法，表达优美的客观事物和个人的内心世界。农历八月十五月圆之日，正是桂花盛开之时；花好月圆是家人团聚和生活幸福美满的真实写照，而花残月亏则是表现人世沧桑的另一侧面。

而让我最痛快的是清代小说家李汝珍在《镜花缘》中将桂花列为花之上品，花小色薄而居前位，可见它的过人之处就是以花香取胜。或许我是个大男子主义者，或者说是因为我的潜意识里传统观念太强的原因，总觉得女人站在高位有悖于伦理道德，"牝鸡司晨，惟家之索"，也因此对武则天颇有些看法，而对被她欺负的"百花"就一直持同情的态度，特别是被她视为弱者的桂花。现在想来，着实可笑之至。

更有甚者，民间把桂花加以神化。《嫦娥奔月》《吴刚伐桂》等月宫系列神话，已成为历代脍炙人口的美谈，记得大文豪鲁迅先生还以"嫦娥奔月"的神话传说作为蓝本写过《奔月》的短篇小说。

的确，蕉中校园里的桂花给予我太多太多，以至于离开蕉中有好长一段时间，每每高考前后或"八月桂花遍地香"的季节，我总还会因为格外关切而想起她来，甚至于感慨嘘唏一番……也正是这个时候，我的心里总是装满了美好的记忆和祝愿。

　　记忆的底片是曾经，但用情感清洗出来的品格和精神不但影响现在，更会一直引导你的将来，甚至陪伴你的一生，如记忆底片中的蕉中校园里的桂花……

走在文化公园的小径上

走在文化公园的小径上，一些莫名的情绪抵达内心，我愈走愈慢，好像不愿任意挥霍此刻的光阴。

沿途的花草已经很热闹了，它们层层叠叠地红着，绿着，簇拥着，尽情享受着二月的馈赠。然而，这一切，好像与我没有多大关系。我并没有像往常那样，给予它们温情的目光，抑或从中捕捉一些灵感，写些貌似婉约的诗；也没有心安理得地独自享受它们的爱抚，以及它们无心的诱惑，敞开胸怀，把它们拥入怀中。这时，一群不知名的鸟从蓝天飞过，虽然不知道它们的所往，但我羡慕它们的洒脱、轻盈和自由自在，而我此刻的难言之隐，却不知道该如何告诉它们。

灰色的台阶诡秘地向上攀延，像一条沉默的蛇。我一步一步向山顶走去，仿佛走在生活的琴键上，那旋律随着向上的台阶越来越尖锐，越来越刺耳。又仿佛有一根无形的绳索捆住我的两只手。过去的生活拉拽着我，让我走慢些，一些难以割舍的往事从台阶远远的转弯处蜂拥而来；未来的生活顽固地牵扯着我，逼着我走快一些，去品尝那山顶渺渺云雾中未知的茫然……回不去的岁月，忘不掉的往事，看不明白的前程，彷徨、失落比任何时候都来得直接，来得毫无顾忌。

然而，山顶的春风带来的情绪却是快乐的，虽然风里还夹杂些许寒意。"小桃枝上春风早"嘛，何况这里就是"桃李园"，桃红李白，春意盎然，一朵朵鲜花像一张张笑脸，桃李的象征意义随即呈现出来，让我倍感自豪和骄傲，所有难言的情绪也仿佛豁然开朗了。

闲坐在"成蹊亭"的石凳上，自然又会想起"桃李不言，下自成蹊"这富有哲理的句子来。但我时常会因这个句子的含义所困惑：究竟是桃李自身的原因，它不用说话，因为自身的美丽而吸引人们前来，于是地上就被踏出了一条路呢？还是因为人们本就喜欢桃李，所谓相由心生，潜意识的，因为心里喜欢无论怎么看都很美，因此每天不停地来回观看，慢慢就走出一条路来呢？

这又好像涉及唯物和唯心的根本区别的哲学问题上来了。也许两方面都有吧：因为它们美丽，所以我喜欢它们；因为我喜欢它们，所以觉得它们美丽。半生教书，栽桃育李，是因为热爱这份职业，热爱孩子们而几十年坚守教坛，坚守最初的选择和理想，更是因为孩子们的天真纯洁让我甘愿做麦田的守望者。

山下，"桂岭书院"在暖阳中伫立着，翘起的四角飞檐仿佛在暗示着什么。这所由著名诗人、教育家、抗日英雄丘逢甲创立的蕉岭中学，已经在岁月中走过了一百多年，而我，也在这所学校里工作了三十多年，此时此刻，斜阳和晚霞留给我的是万般的难舍和无奈，因为，我即将告别相处了几十年的"桂岭书院"，即将离开已经完完全全融入我生命里、血液里的学校了。

应该感谢这一方热土，让我远离尘世的喧嚣和浮躁，给予我生命的真正意义；应该感谢可爱的孩子们，让我始终保持一份难得的年轻、纯真和激情，让我生命里的故事撰写得如此丰满、洁净；应该感谢此刻身处的文化公园，这里所有花草树木的象征意义时刻在激励着我。

就要离开校园，离开我深爱着的"教书生涯"了，就要离开我喜欢的如桃花李花般的孩子们了，就像在这快乐的春风里，终于还是要作别桃李园的。此刻，有谁会理解我的感受呢？我不知道曾经在这所学校奋斗过、热血沸腾过的前辈们，离开爱过、耕耘过的校园时是否也会发出如我这般的感慨！

不过，近来老做这样的梦，一阵阵隐藏在桃花李花丛中的笑声，像一阵阵淘气的风铃毫不设防地摇响在风里，那个倾听者好像是今天的我又像是年轻的我，这个梦让我感到幸福和快乐，可醒来时却也让我怅然若失。也许这就是我此时心中难解的"结"吧。

于是，我突然想到了秋天，想象着山腰上的枫叶红了，一些叶子慢慢地随秋风飘落，一片片，直至满地。此时的我绝对没有"霜叶红于二月花"的达观，也不可能有"拾一枚红叶，把思念留住"的浪漫了，毕竟是年近花甲的人了。然而，总觉得人生还是豁达些为好，总不能就带着这样的情绪走进人生之秋吧，经风历雨几十年，这点清醒我还是有的。于是，一首与春天无关的诗歌《枫叶》在春风里成形：

    绿叶和花遥远之后，天空遥远
    枫叶，一片片殉葬季节的目光
    让我想起，那些揪心的隐喻

    然而，我并没有看见陨落的
    茫然和伤痛，它张开足够的勇气
    以热烈的颜色，扇动季节的气韵

    生命中最后的色彩是不朽的
    在秋风最后一次温暖的洗浴之后
    它用绛色的五指，梳理尘世间多余的感慨
    说——陨落，是生命中的必然

构思完这首小诗，已接近中午了，校园静悄悄的，学生们早就放学回家，于是我收拾起所有的感慨，离开桃李园，离开文化公园，释然地、愉快地向山下走去。

传薪亭上的遐想

　　校园内有一处荷花池，池中央建有一座古朴典雅的传薪亭，亭名"传薪"，其深意应该是很明白的了。

　　每逢工作闲暇之时或是伏案劳神之后，我总喜欢斜倚在亭子的栏杆上，静静地，一个人……这个时候我是绝不会感到孤单的，因为这个时候荷花池几乎只属于我，我可以独自观赏丰富多彩的荷花池景色，可以自由呼吸微风送来的花叶的清香，甚至于在荷花池里的生物们的撺掇下沉醉自然物象微妙的变化中，萌发无尽的遐想……

　　荷花池并不广，占地约一亩，是人工开凿的椭圆形浅水池。记得初调入学校时，这里只是一处浑浊的小水塘，四周长满了杂草，几棵歪柳毫无章法地生长在满是泥泞的岸上。二十世纪八十年代末，校友集资在水塘上面建造了一座六角方亭——传薪亭，为配合亭子，学校将小水塘挖深挖宽，沿岸砌石铺路，筑水泥引桥连接池中央的亭子，并在水池中种上荷花，从此这个小水塘就有了"荷花池"的新名字。

荷花池虽然远没有"接天莲叶无穷碧，映日荷花别样红"广阔而绚丽的景象，也没有朱自清先生笔下的荷塘邈远而茫然的意境，但是在书卷气浓重的校园内，在林立的教学楼中间，在倚山而建的校园平面的半山腰上出现这么一处荷花池，倒是也显得清新而脱俗，俊秀而飘逸的了。

清晨的荷花池是令人难忘的。东方微白，池中的一切生物还在沉睡，做着夜的美梦。此时恬静的池面上飘着隐隐约约的花香，雾还没有散去，朦胧的荷花池畔已经到处是学子们的身影了。他们有的坐在池子四围的"诗歌走廊"的石椅子上，有的倚在传薪亭的栏杆上，有的干脆站在婀娜的柳荫下，借着灯光展卷晨读，琅琅书声打破了荷花池的静谧。好一幅荷池晨读图：轻曼的白纱，浓墨的荷叶，淡淡的红花，如花的少年，人与景融为一体，相互配合，相互映衬。依稀的晨光、灯光和弥漫的雾气将池中的一切朦胧得像富有动感的速写。更何况"年年岁岁花相似，岁岁年年人不同"，一批又一批学子聚集这里，荷花培养着他们的品格、气质、智慧、思想，而他们以珍惜和感恩带着这一切记忆走出校门，走向五湖四海。小小的荷花池可是曾经在这所学校里工作、学习过的人的哺育者和见证者啊！

初夏的荷花池又是别有风韵的，清新自然，没有一点惺惺作态。高高低低的荷叶紧挨着，密密的，铺满了池塘，不留一点空隙。一片片散开的、半卷的、攒着的荷叶尽心尽力地释放着身上的绿。这时池里的荷花并不多，几朵伸出莲叶的荷花如怀春的少女抚弄着绿裙子，静静地想着心事，潜藏在叶间的未开的花骨朵如处女般扯一块绿手绢羞涩地半遮脸儿，就连平常爱热闹的蜻蜓、蝴蝶们也不忍扰乱这宁静的气氛，停止了飞翔，轻轻地落在花叶上。而时不时从荷叶缝隙里传出几尾鱼的游动、玩耍的声音，丰富着观看者的联想。一幅初夏荷花图绘得那么自然，那么雅致。面对这绿的世界，每每会联想起曾子对理想人生的解读："暮春者，春服既成，冠者五六人，童子六七人，浴乎沂，风乎舞雩，咏而归。"尘世间的喧嚣，生活中的烦恼，名和利、荣与辱一切都消融在美丽的景色中。此刻，情不自禁地轻吟着"红花虽好，还须绿叶扶持"的富有哲理的名句，一种恬淡的宠辱偕忘的意念和为扶持红花而甘当绿叶的担当便从心底萌生……

　　盛夏的荷花池却是充满激情的。熏风吹过，荷花池变得热闹起来：荷叶在风的鼓动下挤挤拥拥，努力地竞争着，展开的像伞般长成的荷叶俯仰向背，浅黄和深绿交替变化；半卷的新叶随风摆动，与风相吻的一边翻卷出鹅黄色的叶背来。盛开的、半开的、含苞欲放的荷花醉态可掬，如一群爱笑爱打闹的少女；红色的、白色的、紫色的荷花尽数浮出绿海来，尽情地展示着迷人的风采。飞虫们恢复了爱热闹的本性，在风中表演熟练的飞行技巧，穿梭于花叶间。攀援在池畔盛开着的杜鹃花也不甘寂寞，纷纷扬扬洒下些花雨，而这一切又被夏日慷慨地抹上一层热烈的金黄。面对这丰富多彩而又变化无穷的自然景观，注视着富有深远意义的大理石做底、红漆书写的"传薪亭"横匾，一种不甘寂寞、渴望竞争的冲动从内心涌起。

然而，一些凄美的形容词却将深冬的月夜交给了校园，也交给了住在学校的我。这个时候，一个人徘徊于荷花池边，那种感觉却是复杂难言的。放寒假了，大家都回家过新年，校园里一片宁静，独自面对空荡荡的校园，面对萧索在月色里的残荷，听着校园外边的热闹，会突然感到一种无名的惆怅从幽深的四周袭来，一些一直没有时间拾掇的往事也就逐渐浮现，让你浮想。于是，伤怀和柔情都在月影中慢慢升起，往事的回声荡漾在荷塘的上空：

　　校园的荷塘很美

　　特别是冬夜的时候

　　寒月下乳白如少女的凝脂

　　寒光里闪烁的没有轮廓的空灵

　　寒风中肃立满塘不屈的残枝

　　她的微澜，我的心动

　　校园的荷塘很美

　　特别是　我坐在她身旁的时候

　　"物是人非事事休，欲语泪先流。"的确，韶华不再，深冬月夜的荷花池只能让你平添几分感伤。细细想来，我已经在这荷花池畔走过了几十个春秋了，从青年到中年，从黑黑的头发到两鬓几近斑白，与池中的荷花以及蛙们、虫们一起，睡着、醒来、醒着，周而复始，想起这些，往往会感慨万千。

　　每每从这里经过，《爱莲说》的朗读声在晨风中弥漫开来，脑海里会闪过这样的念头：是《爱莲说》让我特别钟情于荷花还是满池的荷花让我格外喜欢这篇文章？好像至今仍然没有答案，但喜欢在荷花池的传薪亭上观赏并萌发遐想，却成了我多年的习惯……

　　我知道，我终会离开这所学校，终会离开我所热爱的教育事业，终会离开我眷恋的荷花池、传薪亭，但我想我是永远不会忘记这里的。或许我用"别离在今晨，见尔当何秋"的诗句来形容此刻的感受不大恰切，但是，在我的内心深处，我的爱，我的留恋，我的牵挂乃至于我的失落肯定远不止此……

仲 秋 行 吟

——丘成桐国际会议中心初印象

　　如果用秋高气爽等词语开篇，写南国的秋天，好像又要落入俗套了。但南方的秋天确实就是这样的——秋高气爽，风和日丽。此时的太阳不再像夏天那么任性那么酷热了；天气渐渐转凉，柔和的阳光和碧蓝的河水相互配合，让眼前的光影变得晶莹剔透，桂花香、稻谷香、瓜果香在秋的光影中流畅地迂回；秋风清爽和畅，特别是石窟河带有湿润水汽和甘甜味道的微风……

　　不用说，这个时候出行是最适宜的，"天凉好个秋"呀，更何况是在经历了"新冠疫情"的考验和初战告捷的喜悦，经历了罕见的炎热夏天的煎熬以后，人们渴望走进大自然的激情迸射而出……

　　是的，我们终于"出门"了，县作家协会本年度第一次外出采风，目的地是新近建成的"丘成桐国际会议中心"。我们没有驱车直入，而是在桥东下了车，因为我们想站在它的对面——石窟河东岸远眺，以"广角"的视野获得"初印象"。

我们的眼前出现了这样的景致：一座掩映在绿树间的纯白色外立面的建筑被石窟河波光粼粼的水面托举出来，恍惚间它的身体正缓缓向河面蔓延，先是白皙的双手，接着是装饰着绿韵的身体，它在晨晖下尽情享受着温和清爽的河水的抚摸；北边一排排高大的建筑群——"碧桂园首府""岭南院子""帝景湾"形成人造的屏障，挡住了来自西北的长潭豁口和北面沟壑"巷道"的风，这座建筑就坐落在恬静而温暖的怀抱之中；后面绵延的郁郁葱葱的山峦恰好丰富了她单一的色调，山的翠绿、水的碧蓝、建筑的纯白，一幅质朴娴静的水墨淡彩赫然纸上。

难以形容的视觉满足和惬意被眼前物象织成的秋韵紧紧包围着……但于我，仿佛还不够，我从这些表象中看到更多——这个穿着白色披风的诗意建筑正坐在河边托腮沉思，像一位文化底蕴深厚的哲人在寻觅石窟河历史深层的内涵和默默寻找自己现实与未来的位置，思考应为照拂自己的石窟河以及两岸人民做些什么，奉献些什么……

当我第一次看到这座建筑的平面图时，一直对它的设计理念持反对态度，最起码是怀疑态度。因为在此之前，我心中就有了先入为主的设计思维——以"卡拉比-丘模型"为主要设计元素，建一座具有象征意义的地标性建筑……

正思想间，引领我们采风的导游上来打招呼，我才把胡思乱想的心收了回来。我们边走边听她讲述：丘成桐国际会议中心以"公园即建筑，建筑即公园"为设计理念并融入了客家传统建筑特色——围龙屋，把整个建筑隐形于起伏的地形之上，与后面连绵的山峰、门前碧绿的石窟河水交相辉映，形成一幅充满诗意的山水画卷。左边的最高建筑，以帆船的造型，正对石窟河，寓意蕉岭客家人漂洋过海、搏击风浪、永不停歇、无所畏惧的奋斗精神……

呵，原来……我从远眺近观的游踪里逐渐感受到了它的设计理念的合理存在，也许，按照我的设计初衷主体和客体就不可能有那么融洽了，就像一首不够完美的歌曲里的不协和音程，象征意义也会更加单一……虽然因为刚刚建好，林木茂盛、花草葱茏、槛外河水潺潺的预期景象还没有真实显露出来，但我从诗意视角里获得了"假以时日"的联想和想象……不用说，固守在我内心的设计理念瞬间被颠覆。

导游继续为我们介绍，丘成桐国际会议中心内涵丰富：一是丘成桐数学发展教育基金会总部的办公地点就在这个国际会议中心；二是丘成桐数理学术交流中心，丘院士的一些学术讲座、教学交流、科学竞赛等国际性会议和赛事将会在这里举行；三是蕉岭文旅发展集团驻扎此处，结合客家文化和数理教育等开发文创产品、文旅精品，开展各类会议、会展、文化活动等业务；四是把县博物馆、图书馆等职能单位充实到会议中心，为广大民众、各地游客提供文化展览、科普、阅读、休闲活动等公益性服务……

未来，这里将成为蕉岭开展学术研讨、竞赛活动等国际性活动的世界窗口，以及蕉岭学子进军国际学界的"数理摇篮"……

跟着美女导游银铃般的声音移形换影，我们用了一个多小时才参观完偌大的"丘成桐国际会议中心"的五大展区。

第一层大厅的三个展区可以很明显地看出设计者的用心——"蕉岭人文展示空间"和"蕉岭城市空间"是以客家元素引入，以介绍寿乡蕉岭为主体内容的展示厅。人们可以在这里走近、走进、认识、了解寿乡蕉岭。了解它的渊源，了解它厚实的人文历史、厚重的传统文化、丰富的民俗风情，以及它作为世界寿乡的今天和它追求富美蕉岭目标的未来……

第三展区"世界声音"丘成桐人文走廊记载了世界各地数学家对丘成桐先生为人、求索，及学术成就等不同方面的评价。在这里我们还看到丘成桐院士的简介：祖籍蕉岭，国际知名数学大家，囊括三个数学界世界顶级大奖——菲尔兹奖、沃尔夫数学奖、克拉福德奖，此外还获得了马塞尔·格罗斯曼奖、维布伦几何奖等多个国际顶级数理大奖……

穿过丘成桐人文走廊踏上第二层的"大宇之旅"专题展示空间和数理竞赛活动空间，就走进"科学大观园"了。我们按着顺序了解了丘成桐先生的重要学术成果及其求索之路，世界范围内最重要的数理名家的介绍，丘成桐先生的数学强国梦，成桐寄语等。

我们从13位天文学家的介绍中了解了数学与天文物理的密切关系："地心说"的提出者——托勒密、"日心说"的提出者——哥白尼、行星运动定律的提出者——开普勒、万有引力定律提出者——牛顿、相对论的创立者——爱因斯坦、宇宙"大爆炸"理论的提出者——乔治·勒梅特,以及黑洞蒸发理论的提出者——霍金……他们热衷于探寻宇宙天体的规律,用毕生时间、精力求索,而描绘宇宙的语言便是数学。

实话说,从第四展区开始,对于我这个读汉语言文学的"科盲"来说简直就是"刘姥姥初进大观园",越往前就越觉得惭愧和心虚——为什么平时不多读些有关科学知识方面的书呢?此刻,我已经无法用浅薄的笔触去描述这里的一切,真是"览心中之未知,望科技而兴叹"。但此刻我的内心是激动的,因为我在这里看到了传统文化和尖端科学的高度融合,感受到了高科技信息和高科技产业正冲击着相对封闭的山城,特别是听到要在蕉岭打造"数学小镇"时,我脱口而出赞了一个好!它让我突然想起瑞士著名的小镇"达沃斯"——那因无心成就的世界奇迹。我仿佛看到围绕"走向国际舞台"这个新思路打造科学和传统文化高度契合,进军国际学界的"数理摇篮"与文旅产业完美结合的美好前景。

一个难得的创新思维,等待它的应该是"破茧成蝶",这将是山城转型的一个最好时机,是从未有过的新生命的诞生。让我感受强烈的是——"丘成桐国际会议中心"是蕉岭历史文化与现代科学接轨国际的转捩点,蕉岭,这个一直对寿乡人文历史引以为傲的闽粤赣边区山城已经尝试着从传统文化的窠臼里走向数字化、信息化的高科技领域,走向科学,走向广阔的国际舞台。

这时,我已经不能按照预先打好的腹稿去组织语言了,因为这里的内容太多,内涵太丰富,我心里确实拿不准应该从哪个角度进入写作，只能采撷一些概括性的所见所闻去触发我的灵感，去写我的"初印象"……

回去的路上，我又一次回首——特色建筑、娴静山水汇成的优美环境与展览厅内最先进的高科技设计以及所展示的尖端科学领域的内容并没有产生矛盾，它们相聚在石窟河畔，葱郁山峦、透碧河水和传统建筑仿佛融和了现代科学的锐光，变成和寿乡完全合拍的柔光，像潺潺流水轻轻山风般的诗语，并被未受任何污染的山里妹子纯朴的声音朗诵出来……

不过，我始终感受得到：一道有着冲破束缚、按捺不住内心渴望而力求创新的目光正在注视着远方……

金色的射线

——"卡拉比-丘"数学小镇畅想

　　时间定格在 2020 年 11 月 28 日，世界寿乡蕉岭，石窟河畔，丘成桐国际会议中心，一个由著名数学家发起的国际数学大会在这里召开。

　　数学家的名字叫丘成桐，蕉岭是他的故乡。他在大会上讲了激动人心的话，随后他为"卡拉比-丘"数学小镇奠基剪彩。那天，我有幸参加了观摩，揭幕开始，当嘉宾们手中器皿里的"金粉"流泻的瞬间，我看见的不仅仅是镶嵌着金字的牌匾，灯光下，恍惚间金色的文字化成一道道金色的射线，以蕉岭为圆心，辐射、延伸，连接一个个圆点并在充满动感的行进中响亮着金色的希望……

　　"卡拉比-丘"数学小镇，又像一组音符在等待内力和外力的碰撞、裂变、融和，形成音乐的节奏与和声，形成数学交响曲前奏，而渴望奔腾的主旋律正在石窟河流水里酝酿。是的，这绝不是"海市蜃楼"式空洞而短暂的梦幻，这是寿乡的自信凝聚起来的自信。

我看到，延伸的金色射线被电影技巧幻化成白雪皑皑的瑞士达沃斯小镇：一个 20 世纪 70 年代以前还名不见经传的贫穷、偏远的农村小镇，由于世界经济论坛的声名远播，已成为一个具有全球重要战略意义的会议中心。它的成功并不是偶然，它从得天独厚的自然生态出发，发展康养产业和滑雪运动，成为医疗和度假胜地。世界经济论坛的创始人 Klaus Schwab（克劳斯·施瓦布）正是因为热爱滑雪而将会议地址定在这个小镇，并吸引无数元首选择在此处召开各类会议。随后，小镇把握住每一次机遇，并将医疗、旅游、会议这三大完整的产业链，运营得精彩纷呈，造就了一个世界顶级会议小镇。

毋庸置疑，数学小镇与达沃斯小镇有许多异曲同工之处，它正凭借自然资源、人文资源、数学资源、天文资源丰富的内涵向广阔的外延发展，不断展示自身魅力并证明创想的可行性……

我们拥有丰富的自然资源。丘成桐院士说："蕉岭县作为'世界长寿乡'，有着一片灵山秀水，非常适合学者潜下身心搞研究、心无旁骛做学问，发展教育大有可为……我希望以后能够来这边好好开个会，推动我们中国数学、应用数学和物理，及其他科学发展……希望这个地方也能够成为亚洲学术中心。"丘院士还说，"蕉岭山环水绕，风光秀丽，历史文化源远流长，人文底蕴深厚，是艺术家、美术界师生最具地方特色的艺术创作基地……希望有更多人走进蕉岭，开展艺术创作，培训艺术人才。"这是由数学小镇延伸的发展思路，它揭示着更多的发展可能。

是啊，石窟河的美从不设防，河水流到哪里美就流到哪里。

石窟河流域的山城和乡村静谧而闲适，祥和而平安，它以诚挚的热情和温情正等待着众多科学研究者、艺术家和远方来客。是的，我们还可以看到，世界寿乡、全国康养基地试点建设县、全国绿化模范县、全国百佳深呼吸小城……这一切足以汇合成蕉岭自然资源的自信。

我们有足够的人文自信。蕉岭是文化之乡，从古至今延续着耕读传家的传统，重视文化教育，具有丰富的人文资源，客家民俗、名人、民居、美食文化尤为突出。这些，都必须亲临才能获得真实的视听享受和所有实实在在的感悟，以下的一组名称或许能让你获得足够的人文自信：世界长寿之乡，抗日"三英杰"丘逢甲、罗福星、谢晋元的故乡，散落城市乡村的古民居古建筑和古村落群以及广东省山区首个教育强县，国家义务教育发展基本均衡县，广东省推进教育现代化先进县，这一切也奠定了数学小镇坚实的人文基础。

正在筹建的蕉岭县天象馆，将与丘成桐国际会议中心进行技术连接，利用数学中心在数学方面的优势，提取天文星系的运动轨迹，开展一系列与天文学和数学有关的活动。不论是研究者、学生，还是游客，皆能够在此踏上天文世界的旅程，收获更多关于自然现象的知识。它的诞生更是预示着天文资源的兴起。

蕉岭的数学资源是得天独厚的：国际知名数学家，清华大学丘成桐数学科学中心主任，美国国家科学院院士，美国艺术与科学院院士，中国科学院外籍院士，现任香港中文大学博文讲座教授兼数学科学研究所所长，哈佛大学讲座教授，菲尔兹奖首位华人得主，克拉福德奖、沃尔夫奖、马塞尔·格罗斯曼奖得主丘成桐先生的家乡就在这里。

这是最值得我们自信和信任的，是建设数学小镇坚强有力的先决条件。

丘院士的话坚定着蕉岭人追求畅想的决心："小学、中学教育要跟上时代的步伐，特别是乡村教育。我希望更多人把更多教育投入用到加强乡村师资队伍建设上……我们蕉岭学子的基因不会差，希望在大家的努力下，8年以内有学子能够成为清华大学数学圈的人才，10年左右能够有人成为国际数学界的顶尖人才……要鼓励老师和学生做学问、搞研究，让蕉岭成为国际上举足轻重的地方。"

追求梦想，是人类最带本能色彩，也最具本质意义的一种向往。只有心中有梦的人，才能拥有勇敢前行、走向成功的"通行证"！

鲁迅先生说过："世上本没有路，走的人多了，也就成了路。"

诚然，我们不可能一蹴而就，但我们应该看到：自身已经具有建设数学小镇的基础优势资源，依托优越的数学科学环境及丘成桐先生的国际影响力，以丘成桐国际会议中心为小镇规划的核心，依托石窟河畔的秀美山水，充分挖掘数学资源，打造"数学中心、数学与天文、数学与人文、数学产业延伸"的核心片区，以高端会议服务、教育培训竞赛、研学度假旅游为主要发展方向，延伸周边培育数字化产业集群链，定能逐步实现高标准富有数学文化内涵的"卡拉比-丘"数学小镇创想。

我们相信，只要打开视野，上下齐心，共同努力，一束束金色的射线就能够不断向远方延伸，数学小镇的价值必将在寿乡发展中演绎出一曲曲动人的乐章。

羊岕村：文化和心灵的回归

　　我们试图以环境优美来定位羊岕村，可是到了那里却让我感到现实与内心阅读的差异。它只是一个普普通通的山村，重复着所有南方乡村固有的建筑特点和环境色调，更何况那天恰逢天雨，季冬的冷雨打在身上，寒风吹在脸上，那种境况绝不存在美的意境和感觉。

　　然而当走进它的内部，才发现我对羊岕村的初始解读失之肤浅。一个山村自有一个山村的秘密，更有它存在乃至作为羊岕人生活和寄托乡愁之处的理由。一个个景点品读下去，它以全新的视角展开文化内涵，以独特的方式向我们述说一切，那就是一个山村特有的文化现象。

　　诚然，孤立的单独的事物是绝谈不上一种"现象"的，我们必须集合游览中的一切视听，才能做出恰如其分的评判。村口竖立的"羊岕·院士之村"石碑让我们耳目一新，在人们赞叹石碑的精湛工艺和镌刻在石碑上的名人的丰功伟绩时，我首先想到的是这里的人对文化人的尊重。旗帜鲜明地将村庄冠以科学文化人的荣誉，这种文本位的崇拜是难能可贵的，它让我瞬间产生一种莫名的感动和温暖，也因此我冒着风雨阅读了碑记片段："羊岃村崇文重教，耕读传家，英才辈出。二十三世裔孙丘成桐院士，解决卡拉比猜想，荣获菲尔兹等三大数学奖和马塞尔·格尔斯曼物理大奖，蜚声中外！丘成栋、丘明诚等一批教授任教于中外名校，学界闻名……"

如果说村口石碑介绍的人物只能看作一个特殊的个体，还不足以说明羊岃的文化现象，那么我们在耕读园的"名人谱"前又获得了进一步的证实。在那里我听到了文友们的一声声惊叹：小小的山村，短短的一百多年，竟培养出一位数学泰斗，三位将军，众多著名专家学者，一百多个大学生。晚清爱国诗人、教育家、抗日保台志士丘逢甲先生亦血脉于此，他与著名爱国教育家丘镇英、数学泰斗丘成桐、数学家丘成栋、哈佛大学医学院生物和免疫生物学教授丘明诚一同被誉为"一门五英杰"。这是多么荣耀的事，也是多么不容易的事。

可是，那天我所接触的当地村民对此却表现得有些轻描淡写，好像这一切在他们眼里是那么平常无奇、无足轻重。我困惑于羊岃人对文化资源和文化现象的漠然态度，当地文化人、省方志办副主任丘红松看出了我的心事，他没有直接说明理由，只是笑着继续引领我们走到祖堂、力田草庐……游览完这些景点，我才渐渐明白，原来我们认为重要的东西，其实早已融入他们的平常生活之中，融入传统观念之中，也因为如此，他们才感到平常。

　　原来，尊重文化、传承传统文化早已与羊岃人的血脉融汇在一起，他们早就注重挖掘和实行文化传承的常态化，羊岃村文化建设的每一个细节，都足以证明这一点。像对联，除祖堂正门表述宗族渊源外，其余的对联都与文化教育有关："文能载道，理可兴邦""上庠谟训，国士门庭""源宗渭水，希圣乘时，耕读渔樵承祖训；学绍琼山，进贤命世，仁儒豪俊接千秋"……当然也包括百十年来奖励优秀学子的传统，族人在重大节日相聚力田草庐讨论经史子集、科学文化的做法……这一切，印证了我的心路历程。

　　无论世事如何纷乱，羊岃村人的思想从来没有凌乱，他们始终坚持一个信念——耕读传家，这种坚持和坚守，正是他们文化和心灵回归的一种表达，或者说是对耕读传家祖训的最好诠释。

　　在"力田草庐"，我们找到了答案。这一隐藏着巨大文化能量的古建筑，堪称本地文化历史的精华段落。力田草庐是羊岃丘氏家族的蒙学私塾，始建于清代乾隆年间。力田草庐是羊岃人的诗书文脉和精神家园：力尽衣食足，田丰家国安；昼则力田，夜不废读；渔樵隐德，耕读藏贤。一副副对联见证了客家人特别是羊岃人耕读传家的优良传统。

　　坐在力田草庐的教室里，我仿佛看到穿着长衫的先生用长长的语音在读着古文，就像鲁迅先生笔下的私塾先生那样"只有他还大声朗读着：'铁如意，指挥倜傥，一坐皆惊呢；金叵罗，颠倒淋漓噫，千杯未醉嗬……'我疑心这是极好的文章，因为读到这里，他总是微笑起来，而且将头仰起，摇着，向后拗过去，拗过去"。

当然，这一切都停留在我的联想和想象之中……

新农村建设改变了乡村外部环境，乡村美了，基础设施完善了，政府的便民服务遍及村村寨寨。但羊峁村与其他乡村绝不雷同，它表现得是那么不同凡响，它体现的不仅是一种文化的表象，而是文化底蕴和文化传承为主要元素的乡村文化现象，而这一切已经渗入村民的生命里，也许这就是乡村振兴的真谛所在吧。

我想，这场寒风冷雨来得绝非偶然，我们必须在风雨中走进羊峁村，只有这样，才能够真正体会羊峁人在岁月的风雨中对文化的尊重和坚守，才能理解羊峁村文化和心灵的回归，才能悟出耕读传家的真正含义。

一个村庄的自信

　　自然资源的自信，人文资源的自信以及人的自信，羊岽人将这些自信集合起来，凝聚成一个村庄的自信。

　　羊岽村坐落在秀丽的羊子岽和峭拔的君山笔群峰的怀抱里，大山有力的臂膀阻挡来自村庄北面的凛冽朔风和尘土，村落因此而温暖、安宁、干净。村子里的房子一律依山而建，坐东北向西南，房门与先祖建造的宗祠"福寿堂"大门的方向一致，俯瞰西南的文福小平原，居高临下，视野开阔。从君山笔蜿蜒而来的君山河穿过村庄汩汩向西南流去，澄碧的河水滋养和滋润着羊岽的村庄、田园和生活在这里的祖祖辈辈。青山碧水、稻菽绿浪、石阶古道，甚至那三棵让羊岽人引以为傲的百年老榕……构成了羊岽村自然资源的自信。

　　我曾写过一篇散文《羊岽村·文化和心灵的回归》，里面的一些文字可以说明它的人文资源自信："村口竖立的'羊岽·院士之村'石碑让我们耳目一新，在人们赞叹石碑的精湛工艺和镌刻在石碑上的名人的丰功伟绩时，我首先想到的是这里的人对文化人的尊重……羊岃村崇文重教，耕读传家，英才辈出……晚清爱国诗人、教育家、抗日保台志士丘逢甲先生亦血脉于此，他与著名爱国教育家丘镇英、数学泰斗丘成桐、数学家丘成栋、哈佛大学医学院生物和免疫生物学教授丘明诚一同被誉为'一门五英杰'……"

如果你到羊岃村，你会很快从它的人文历史中感悟到人文资源自信的渊源——"耕读传家"思想的传承和坚守，宗祠及所有建筑与文化教育紧密相关的对联和文化氛围，代表着羊岃人诗书文脉和精神家园的"力田草庐"，以及众多优秀的英才俊彦的智慧拼搏人生……

正是基于"自然资源"和"人文资源"的自信，才会有羊岃人传承和发展的自信，才能凝聚成一个村庄的自信。也基于此，村人2015年开始构思策划"羊岃村美丽乡村规划建设方案"，短短几年间，羊岃人齐心合力，村道、基础设施、村庄环境的整治改造，"福寿堂"等老建筑的修缮，村口公园、耕读园、力田草庐、镇英园、村史馆的兴建，一个从未有过的全新思维的内涵和外延高度统一的新农村初具规模并自信地展现在世人面前！

这一切不能不让人惊叹！它已经合理地诠释了一个村庄的自信！漫步这些景点，你会觉得你是从人文册牍里、品德文集里、国学经典里、艺术长廊里，甚至科学文化的大观园里走过，在润物无声的状态中获得太多太多。

然而，今天我要着重叙写的是羊岙村竣工不久的羊岙村村史馆和镇英园。并不是因为其他的景点已经在我过去的文字里有过描述，也不是因为这两个景点新建而吸引我的眼球，真正触发我灵感的是羊岙人越来越创新的视角和深广的思考维度。

"村史馆"和"镇英园"的设计目的已经完全不同于过去，羊岙人已经不局限于为纪念而建造景点了，他们从抒写先贤思想品德和精神境界的高度和传承、培养后代的深广度去思考，而且，已经逐渐从单一的纪念形式引向综合的既有文旅意义的景观意识，又有视觉艺术的表现，还有教育意义的立体思维，他们正在积极尝试新的自信的完美体现。

"村史馆"遵循"馆即是村，村即是馆"的设计理念，将山水田园、古今建筑、文化科学、革命传统教育等元素融为一体，扩大展馆空间。馆内设有"鉴往知来篇""钟灵毓秀篇""丘氏风流篇""渔樵隐德篇""不负韶华篇"等板块。目的是赋予乡村振兴战略时代印记，展示村史内容与现代美学相结合的视觉艺术，彰显以家国情怀和耕读传家为核心的乡村文化精神，以及打造红色革命历史和科学教育实验基地。

漫步"村史馆"，我们从文字、照片、物件的叙述中追溯丘氏祖先的历史印记，从羊岙村对传统文化的传承和坚守中记住浓浓的乡愁，从丘镇英、丘成桐等代表人物勤奋和智慧的人生中得到前行的启迪，从叠印在寻常巷陌的故事里寻找羊岙人坚韧的品格，并在视听品味中获得心灵和精神的升华。

"镇英园"沿君山河而建，仿佛是在说明只有河流能够述说源远流长的实在意义。纪念园的整体设计思路是提取客家元素，以介绍丘镇英先生的生平、作品展览等为主要功能。它的外立面以白墙灰瓦为主要基调，平面布置上结合园林步移景异的空间特性，结合乡间野景与实体展览，将丘镇英先生不平凡的一生娓娓道来……

也因此，我们怀着对丘镇英先生的崇敬，走进公园，细细聆听"一亭""一堤""一台""一场""一廊"这"五个一"的诗意表达。

我们在"镇英纪念亭"的石碑上了解丘镇英先生的生平：丘镇英，著名教育家，哲学教授。1931年考入厦门大学政治系，1935年毕业后留学日本早稻田大学。七七事变后，抗战爆发，他怀着一颗爱国之心回到家乡，积极组织、参加抗日救亡活动。在家乡蕉岭一边宣传抗日，一边教学育才。1945年抗战胜利后，赴汕头任联合国救济总署广东分署专员，后迁香港，执教于崇基学院（香港中文大学前身），著有《西洋哲学史》《中国经济史》……

"镇英纪念堤"在保留河堤原貌和历史信息的基础上对周边景观品质进行提升，在堤上设置牌匾，以纪念镇英先生1945年在汕头任联合国救济总署广东分署专员时筹集资金为家乡筹备筑堤和抗洪救灾的事迹。

我们在君山河蓄水堤坝上建造的"念亲台"前阅读了展示在那里的丘成桐院士《那些年，父亲教导我的日子》《怀念母亲》两篇文章的精选段落，此刻，文友们被那些动人的文字感动着，被丘院士感念父母亲恩的真情感动着……

"哲学史广场"位于河堤步道的第一个节点，哲学史景墙主要展示镇英先生所著的《西洋哲学史》一书中的封面题词、内页摘选和重要思想内容，还有丘镇英教授关于宇宙论的图解说明。站在广场上，我一直在想，丘成桐院士的国学功底和科学追求应该是深受父亲的影响。

古色古香的"严父桥"廊桥，是福寿堂族人丘中英的儿子丘成槃筹集兴建的。这是一座有故事的桥。丘镇英先生18岁那年，父亲洪钦公不幸去世，家里的顶梁柱倒下去了，聪颖好学、自强不息的丘镇英想到父亲离世后家里的境况，眼前一片迷茫——以后的生活和学业怎么办？出国留学的理想如何实现？当时在电报局工作的大哥丘中英非常理解弟弟的苦衷，他担起了家庭重任，努力工作，勤俭持家，让弟弟实现了人生理想。

丘镇英把羊岃丘氏家族的"文脉"传承下来，他担负起"严父"的责任，把全部的爱都倾注在孩子身上，他的身体力行，影响着后代的成长——儿子丘成桐是蜚声中外的数学泰斗，丘成栋是著名数学家，成桐的儿子丘明诚、丘正熙均毕业于美国哈佛大学，在科研、学术方面也取得很大成就。

站在"严父桥"上，引领我们参观的羊岃丘氏族人指着往远处流去的河水说："下一步我们将改造羊子岃和君山河，到那时，君山笔、羊子岃、君山河、福寿堂、力田草庐、镇英园、村史馆与广袤的田园绿野汇成集历史、国学、人文、自然、科学、教育于一体的新农村特色旅游景点，将来的羊岃村一定会更美。"

他的话，我信！

这时，秋日的斜阳照拂在村庄上，一栋栋小洋楼和修葺一新的老房子镀上一层金黄，田野里黄灿灿的稻谷正随风起舞，清澈的君山河水蜿蜒着流向远方……

远处，君山笔、羊子岽上大片大片的叶子正红，我在想，这些被文人墨客赞为"红于二月花"的枫叶，它的浓烈一定是在暗示一个村庄的自信！

来自乡村的温度

　　我对广福镇的印象来自几回偶尔路过以及一些照片和乡情文字的简介。在我的初始印象里，这个地处粤赣省界的山区镇，虽青山绿水、空气清新，却也闭塞，虽有边区优势、文化多元，却也保守。

　　就像我们平时说起广福这个地方时，都可能会听到这样的回答："广福吗？边着呢，在广东最北面的山旮旯里。"

　　然而，真正走进它的村落，走进它真实的内部之后，与其说我的原有印象被颠覆，不如说是因为认知上的偏颇而感到内心不安，我不能原谅自己的肤浅与无知……

　　广育村、叶田村、乐干村……一个上午，虽然走马观花，却有一个个镜头在感动着我。在那里，我看到的不只是乡村环境和生活的变化，更多是来自乡村的温度——希望、自信、潜意识里热爱故乡的情感。这里的人已经逐渐摈弃了保守与浮躁，有着冲破束缚、按捺不住内心的渴望和实实在在的对新生活的追求。

　　一个敦实的年轻人引领我们走进广育村，我问他在村里担任什么职务，他有点奇怪地看了看我，但没有责怪我的唐突，只是憨厚地笑了笑，说自己只不过是这里的村民。他说"这里"时用的重音，让我读懂了他的自信和对这片土地的热爱。他带我们走完村子，分别时对我说了一句意味深长的话："你有没有觉得我们乡村是有温度的？"

　　咀嚼着这富有诗意和哲理的话，联想起刚才的所闻所见，我震撼了！是的，我的视听和感受印证了这个年轻人以及广育村村民的"温度"。土地资源整合，农村股份合作经济联社，投资农业产业……一些全新的概念让保守和闭塞的乡村激动起来了；千亩优质水稻栽种基地，百亩甘蔗种苗基地，大型黑木耳试验生产基地，寿乡产业仙人草种植基地……一些全新的产业在乡村悄然兴起，让村民的心都"活动"起来。产业发展，多元创业，收入增加，环境改变……乡村振兴灼热的温度点燃了村民的希望；甚至从村文化室里传出来的歌声、笑声听起来都那么温暖。守望在本乡本土的村民眼界开阔了，出外"捞世界"的村民回来了……广育村1500多名村民，留在村里创业的就有1200多人，数字往往可以说明一切，这种现象在广大农村中应该不多见。

　　村民在农业产业大潮中得到了实惠。村民富裕了，道路宽广了，新村建起来了，文化场所建起来了，民宿、休闲森林公园、实践果菜园建起来了……一切都如城里般齐全，一切都是那么新奇，那么富有吸引力，又是那么酣畅淋漓地体现乡村的温度……谁不说俺家乡好，外面的世界再精彩又怎能替代人们对美丽家乡的憧憬。

突然想起很久以前看过的电影《我们村里的年轻人》，村里出外的知识青年们为了建设家乡放弃了城市工作的机会，或辞去城里的工作，一起回来建设家园，那快乐、充满朝气而又浪漫的场面，那义无反顾想把家乡建设得更加美好的情怀一直留在脑海里。几十年过去了，歌唱家郭兰英演唱的《人说山西好风光》的歌曲仍然在耳边回响，而这一切，又在这里得到了全新的印证。

一路想着，汽车沿着205国道往北，不知不觉我们到了广福镇的叶田村。刚进入村道，一处崭新的村落赫然眼前：由十几幢小别墅构成的新村落隐约在葱郁的绿林中，村前田野里米黄色的油菜花正盛开着，休闲场所、小球场就在村落旁边，穿村而过的宽阔的柏油路笔直平坦……这哪里像是远离县城的山村，分明是县城里花园和大自然融合在一起的高档住宅区。

蹲点叶田村的镇干部黄主任在村口等着我们，看到我们满脸疑惑，他笑了，那神态分明充满自豪。他说，改革开放后特别是近几年的乡村振兴让老百姓富裕起来了，很多村民建了新房，但都因为没有统一规划而显得凌乱，有些甚至占用耕地，因此村里进行了一场拆旧建新的"土地革命"。他听到我们在笑，他也笑了，随后又说，别误会，这确实是一场新的"土地革命"。集约整合盘活的土地由村民理事会回购，再调剂给需要建房的农户，统一规划，统一建设，既便宜又实惠，既扩大了土地面积又美化了乡村……

虽然是深冬，但此刻我的心在燃烧……乡村的观念在改变，产业的结构在改变，乡村的环境在改变……乡村振兴，正在与传统意识进行一次交锋，正在往大变迁和幸福的道路上风雨兼程。

一个上午时间很短，回城的路上，我一直在想一个问题：在广福，我们接触到的无论是村民还是村、镇干部，他们对乡村振兴的规划和做法都如数家珍，而且言谈中都显得那么自信。也许，这就是来自乡村的温度的最佳答案吧。

一种从未有过的激动让我产生强烈的创作欲望，于是一首小诗很快写成：

远眺山村，目光中有熟悉的事物

青山、绿水、田野和菜畦

与我的梦境"表里如一"

走进村落，一幅画让我惊奇——

围屋和洋楼，柏油村道和石砌路无缝对接

旧与新，古代与现代，在笔墨中互相印证

一条城市气息的街道正赶往稻海

灰色和金黄，让思绪日夜兼程

阳光自上而下

照在一群村民自信的脸上

他们的笑声，喊响明天

寻找英雄故居

　　仿佛从历史的时空穿过，五月的一天，我们在一幢幢小洋楼、修葺一新的围龙屋，以及呈现着城市气息的公园、休闲场所的村落里寻找英雄的故居。

　　说实话，面对静默在许多新房子中间的一栋老房子——普普通通的客家地方常见的杠式屋，我是有一些感伤的，我为英雄的故居被冷落而感到遗憾，也因此感到了眼前阅读和叙述角度的差异……一声热情的"欢迎"打断了我的思绪……邓崇卯的侄孙、"故居"的管理者好像从我的目光里读出我的心事，他笑着为我们讲述了英雄邓崇卯的故事，随后郑重介绍了政府为"故居"挂牌、修缮和准备改善周围环境的思路。他的"郑重"让我有一些尴尬，但也让我释然。此刻，我们因为英雄的事迹对老屋顿生敬意，好像面对着一位会讲故事的革命老人，从他叙述的每一个情节里听出潜藏于文字间的伏笔和答案，继而找到远去的故事和那些年代的线索，以至于我们聚精会神，唯恐落下任何细节。

走出故居，初夏的阳光投射在故居的大门和墙壁上以及我们身上，一切都像被涂抹上一层灿烂的金黄，文友们在这温馨而热烈的色彩里拍照，他们想抓住五月的时光。然而，此刻我的内心却被1927年5月的时空占据着。同样是五月，那时的阳光是否遭遇"四一二"反革命政变而变得阴暗无华，我不得而知，但那年五月，就读于北京工业大学被军阀逮捕关押四十多天经党多方营救出狱并受党派遣的邓崇卯回到了故乡，回到了这个祖居。

我从历史的视听里感受到了那些远去的画面和声音——邓崇卯走进父母的房间，他们在商量"卖祖居、办学校、闹革命"的事，交谈的内容从岁月的门缝里传递出来。我看见老实巴交的父亲脸上的为难：虽然祖屋没有人居住，但这是祖上留下来的，自己手里卖掉"祖宗业"会被别人笑话，然而，儿子讲的革命道理又让他心服口服，为了儿子的"正事"，便答应了他的要求。"为革命卖祖居办学校"是邓崇卯众多革命故事中的一个段落。

当年和赖清芳等中共党员一起创办的"三社公学"已经不存在了，但他办新学办夜校的革命故事却一直在故乡流传。他带来的新思想、新观念，唤醒了沉睡封闭的乡村；他风趣幽默、引经据典的讲课，博得"学生"的一致好评，因此大家称他为"大秀才"。为使老百姓接受共产党的政策、主张，他把革命道理和乡人全年十二个月经历的苦难编成歌谣，在百姓中传唱。"三社公学"就像革命的火种，在黑暗中点燃了百姓心头的希望之火。

为发动群众起来闹革命，邓崇卯冒着被敌人逮捕的危险化装成地理先生走村串户，宣传革命真理；他组织贫苦群众包围了表叔顽固地主陈老五的大院，斗倒了地主，实行了减租减息，事件震动县城，鼓舞广大进步群众的斗志，打开了土地革命的新局面。

历史的足迹走进1929年春天，邓崇卯、张宏昌等中共党员在新铺三坑建立第一个革命根据地，成立"东江红军独立第二营"，张宏昌任营长，巫志光任指导员，邓崇卯任参谋长。队伍从起初的四十多人，三十多支枪，逐步发展到两百多人，一百多支枪，转战蕉岭、平远、梅县边缘地区，打击敌顽，威震四方。

让人痛惜的是英雄的足迹永远停留在1931年10月1日，由于土豪告密，邓崇卯带领的一支游击小队被国民党反动武装包围在平远东石凹，突围中，邓崇卯为掩护战友头部中弹，不幸牺牲，那年他只有28岁。

我终于明白，英雄的故居是因为英雄的产生而存在的，只要英雄的故事还在，英雄的血脉还在，他们的精神就会在人们心中永存，也因此，斑驳而沧桑的英雄故居也就因为它的光荣历史而被赋予了特殊的象征意义。

离开的时候，我再次回望英雄的故居，好像是在留恋或者想记住什么，就在我回首瞬间，诗人臧克家"有的人活着，他已经死了；有的人死了，他还活着"的诗句回响耳边，振聋发聩。忽然意识到，寻找既具有理性和哲性，同时也具有感性和随性的元素，只要在过程中能让人想起远去的岁月，以及在岁月中积累着精神与灵魂的深刻内涵，我们的寻找就有了历史和现实的意义。

我们沿着一条长长的溪畔踏上归程，倏忽间，我从清澈的溪水、轻摇的水草和悠闲地游动的小鱼群，以及快乐的我们构成的画面里感悟到了什么——这种平静、祥和、悠然的自然和人文环境不正是我们今天的社会生存状态吗？这种幸福快乐的生活不就是英雄们抛头颅、洒热血为之奋斗的初心和理想吗？

我又一次庆幸这次"寻找"。

故乡的骄傲

有很多人或事会随时间推移被渐渐淡忘，甚至被彻底遗忘；而有些人和事却始终忠于人们的记忆，哪怕时间久远，也往往会因现实时空的某一个触点让人们听到历史的回声，让人在不经意的联想中走进那些人、那些事或那些时代。

抗日名将谢晋元将军和他率领八百壮士坚守上海四行仓库抗击日寇的英雄故事就是属于让人难以忘怀的历史回声，他是国人的骄傲也是我们故乡的骄傲。

也许不需要从历史册牍里翻阅他的简历，因为故乡人已经在心中记住了英雄的一切：谢晋元，字中民，广东省蕉岭县新铺镇尖坑村人。广东大学（今中山大学）预科毕业后投笔从戎，考入黄埔军校第四期政治科，1926年毕业，随即参加北伐战争。历任连长，武汉要塞、河南省保安处营长，旅部参谋主任，以及中校团副等职。

这是一段中国人民永远不会忘记的历史，岁月可以改变自然、改变城市乡村，但绝对改变不了因贫弱、无奈留下的曾经的痛楚和屈辱，也改变不了屈辱中敢于奋起顽强战斗的精神和人民为之骄傲的历史回声。如今，在中国，谢晋元将军的英雄事迹尽人皆知，在故乡更是广为流传。

我不知道人们是否有过这样的经历：曾经有一位广州的朋友问我的老家在哪里，我的老家不过是一个平平凡凡的小乡村，小地名怎能说得清楚呢。我想起了谢将军，便告诉他谢晋元将军是我的故乡人，而且还骄傲地补上一句，我的老家离将军故居很近。他听后笑了起来，说："知道了，知道了，谢将军声名远播，高中历史课本中就有他的记述。"

很小，我就熟知谢将军的事迹，而且内心有一种无法用语言表达的敬佩，所以每逢从县城沿西线公路回老家经过将军故居时，我都会停下车，看一看他的故居、纪念馆，望一望流经门前的石窟河，故居后面的小山（圆墩岽）以及故居门前的红棉树、古榕树，看一看每一个能够追思将军的地方。

最幸运的是我曾经在以谢晋元将军命名的"晋元中学"任教两年，那时教的是音乐。到现在我都还记得给学生们上的第一堂课就是教唱《晋元中学校歌》，即《八百壮士歌》，又名《中国不会亡》。歌曲由桂涛声作词、夏之秋谱曲，此歌是为纪念在淞沪会战最后阶段四行仓库保卫战中英勇作战的战士而作，用以激励国人的抗日士气。时至今日，几十年过去了，我对那慷慨激昂的歌词、铿锵有力的旋律仍然记忆犹新：中国不会亡，中国不会亡，你看那民族英雄谢团长；中国不会亡，中国不会亡，你看那八百壮士孤军奋斗守战场。四方都是炮火，四方都是豺狼。宁战死，不退让；宁战死，不投降。我们的国旗在重围中飘荡、飘荡。八百壮士一条心，十万强敌不能挡，我们的行动伟烈，我们的气节豪壮。同胞们，起来；同胞们，起来。快快赶上战场，拿八百壮士做榜样。中国不会亡，中国不会亡，中国不会亡，不会亡，不会亡，不会亡！

我总觉得，一个英雄的产生是离不开故乡的培育的，是故乡的优良传统、故乡深沉的土地、流淌着故乡温情的石窟河、浸染着客家风情和浓浓亲情的英雄故居孕育了他的铁骨柔情。抗日战争期间，蕉岭县虽然是大后方，但为抗日前线输送的抗日志士数以千计，有史料记载的蕉岭籍的抗日将军就有十多个。像我们小小的村子，曾经在抗日前线参战的将士就有二十多个。没有对亲人的爱、故乡的爱、民族的爱，没有对祖国的万般柔情，就不可能有坚强的意志和对侵略者的刻骨仇恨以及敢于牺牲的勇气。

是英雄的故乡培育了故乡的英雄。为英雄，也为故乡，我写过一首《谢晋元故居》的小诗：

只有积淀风骨的古老的围龙屋

和白墙灰瓦的平房

才能生长朴实的爱

有爱，才有挥剑年代的铁骨柔情

此刻，你应该听得见

《中国不会亡》的旋律

和忠于故乡的记忆

亲人的呼唤——

魂兮归来

那呼唤，真情如水

像送你出征的石窟河

壮烈如铁，像心中不灭的烈火

在苏州河畔的涛声里燃烧

在故居门前的红棉树上

燃烧

这一切，注入壮士的脊梁和灵魂

塑造丰碑

鼓舞一个民族

用血与肉的文字

写下，史册风云

我知道，简短的诗句不能详述英雄的事迹和真实表达后人对英雄的景仰，而且很难到达英雄的精神内核，但作为英雄故乡的后辈，感触的视角应该是与众不同的。

也因此，每次来到谢将军的祖居和纪念馆，我丝毫没有凭吊英灵的感觉，总觉得英雄没有离开。特别是站在将军故居前的木棉树下，它们独特的状貌和性质以及它们的象征意义，让我产生许多联想：

在故居的大门口我就站住了

一株高大的木棉树

和跨着战马的英雄塑像

肃立眼前

我看见，开满红花的树下

刚毅、勇敢的脸庞

英气逼人的目光

一位战士，风尘仆仆

在历史的硝烟中

魂归故里

热泪是故乡迎接的方式

伤痛里的自豪

让我们，走向那个远去的时代

苏州河上翻腾的波浪

四行仓库上空硝烟里的号声

八百壮士，四天四夜的坚守

震撼中外

历史片断中的那一腔腔热血

将炮火灼热的枪管

和，钢盔

擦洗得锃亮

我还看见

阳光下，木棉花盛开，像火焰

像红旗的颜色

像一簇簇民族的呐喊

响彻蓝天

高大笔直的木棉树，伟岸的身躯直指蓝天，站在树下抬眼望去，那笔直向上的躯干多像英雄的铮铮铁骨啊；盛开着的满树的木棉花，鲜艳而绚烂，那用英雄的鲜血和精神染红的一朵朵花瓣，像英雄们抗击侵略者时的一声声呐喊；那一簇簇鲜花，寄托着故乡人的哀思，让英雄情结渗入故乡人的脉管和血液，激励人们义无反顾地为祖国"鞠躬尽瘁，死而后已"。

距将军故居不远处有一株好几百年的古榕树，它躯干雄伟，根系发达，主根和气根都稳稳地扎在泥土里，我总觉得，这一特性隐喻着英雄吸收故乡的丰富营养，生长出与众不同的英雄气节。散文家秦牧曾经这样赞美榕树的根："根是最重要的！你有了越多的根，你就可以吸收到越多的营养。你的根扎得越深，你和培育你的土地关系越密切，你就越有力量了……"这一力量也让英雄的精神深深扎根在故乡的土地上，精神的内涵和外延像古榕树那样枝繁叶茂，四季常青。

　　是的，每次经过这些地方，我都有同样的感慨：英雄没有远去，他的事迹在传颂，成为故乡的骄傲；他的精神在故乡人的生命里延续，并成为爱国主义的内核，引导我们为祖国的繁荣富强，为故乡的富美、幸福努力前行。

乡愁不徘徊

　　带着对故乡的一份虔诚，带着游子心中的梦和诗人的想象集结而成的波浪般涌动的情感，我常常用被乡愁打湿的目光抚摸这片富有南方山城格调而又储藏着独特的底蕴和风骨的土地——蕉岭。我轻轻地默念着它的名字，心中便升腾起一种浓浓的乡愁……

　　有时，想念极了，便会站在异乡的河岸上，看着轻轻流淌的河水，满载心事的小船随流水飘向记忆的港湾……

　　故乡，像一幅素朴、淡雅的水墨画，展示在世人面前。是的，它没有过多的雕琢和修饰，没有夸张的笔触和浓重的颜色，更不需要名山大川、奇岩怪石作为画面的背景。这里的环境是那么温馨自然、天人合一——绵延葱郁的山峦，蜿蜒南向的河流，广袤翠绿的田野，美丽的田园村庄，古老却又处处呈现现代气息的山城，这一切配合着透亮的蓝天白云、青溪碧水，不时有原生态的山歌混合着新潮的流行曲，驮着片片阳光，携着淡淡的草叶味，袅袅传来。淡然随性的山水孕育的善良纯朴的客家人，安分、安然地享受着这温情的南方山城生活。是啊，如果你有兴趣的话，到我们山城来，随便走进一个寻常百姓家去坐坐，他们会像迎接亲人般把你迎进客厅，泡上一壶家乡的绿茶或给你端出一杯甜甜的泉水，甚至捧出一碗珍藏的客家娘酒，出自内心的纯真和热情会把你融化……

啊，故乡！

漫步蕉城街头，更令你心旷神怡。这个把高楼、街道镶嵌在绿色世界里的山城，满眼绿树成荫，花草葳蕤，城在景中，景在城中，绿岛、绿道、绿色公园……处处绽放着浪漫，盛开着诗意。别名"桂岭"更是名副其实：四季桂、月月桂、八月桂、金桂、银桂、丹桂……所有能说出名字的桂花品种错错杂杂地繁茂在城市的每一个角落，木樨香随风飘动，钻进行人的衣袖，拂过少女的笑靥，飘进千家万户，见证着故乡人的快乐和幸福。

再深入些吧，无论你是在老城还是新城，不能不感到这偏僻的边城传统文化与现代文明撞击而迸溅的火花，不能不感到变化中幸福生活的脉动——那商店里、货摊上，既陈满了产自本地的茶叶、土特产、粮油产品，也满布着来自祖国各地乃至国外的商品……还有从走在街上的行人神态中自然流露出来的快乐心态与幸福指数，语言举止中凸显出来的传统文化素养与文明程度……更让人流连的是那些客家美食专卖店：三及第、梅菜扣肉、盐焗鸡、酿豆腐……一阵阵香味从橱窗里飘出来，总能留住你匆忙的脚步。

让我惊叹的还有山城的飞速变化，就连生活在这里的人都会为之感慨：城南新城、新世纪新城、长寿新城、桂岭新区、长潭新区，短短的几十年，一幢幢高楼正追赶着现代都市格局，一条条宽阔的街道正成为故乡人的梦之路。走在街道上，路面平平的，行走着，悠悠然，谁曾想，这平坦的路下还掩埋着昨日的坎坷，历史的伤感，岁月的苍凉！

走进乡村，我想，用"日新月异"这个词绝不为过。是的，我沉醉于变化中的乡村，这个我生于斯长于斯的寻常巷陌，山野田园。在这里，曾经有过我年轻时的迷茫，有过少年、青年时艰辛的劳作，有过无奈、伤痛、沉沦，也有过寻觅、追求和青春的冲动……

而今，乡村在巨变，新农村——一个让人激奋的名词荡涤着千年不变的乡村。从山城出发，无论你往哪一个方向走，到处都是新的村落，新的道路，新的休闲公园，一幅幅画面会让你惊奇和感叹……美丽乡村吸引着人们内心强烈的向往，也颠覆着人们的生活观念和思维方式——农村股份合作经济联社，投资农业产业……一些全新的概念让保守和闭塞的乡村激动起来；特色农业、优质农作物生产基地……一些全新的产业在乡村悄然兴起。产业发展，多元创业，收入增加，环境改变……乡村振兴灼热的温度点燃了村民的希望。

昔日沉默的乡村如今生意盎然，围屋和洋楼，柏油村道和石砌路无缝对接；旧与新，古与今，现代文明和传统文化在笔墨中互相印证；一条条城市气息的街道正通往稻海，灰色和金黄，让思绪日夜兼程。此时正是收获的季节，阳光照在黄澄澄的田野上，照在收割机高高扬起的金黄谷粒上，格外耀眼，田野的美和劳动的美和谐地融合在一起，让人感受到新农村的美。"日出而作，日入而息""面朝黄土背朝天"原始而艰辛的传统劳作一去不复返，贫穷、落后、破旧的乡村旧貌已经成为历史记忆……

继续走吧，沿着母亲河——石窟河行走，这条孕育了故乡人祖祖辈辈的河流，在历史记载中，寥寥几座小木桥和几个小渡口拼凑而成的简陋而狭窄的水上交通占据着石窟河古代、近现代的悠悠岁月，它们长久地维系着石窟河两岸人民的生产和生活，同时也承载着落后贫穷和政局变化频繁的旧时代蕉岭人的无奈与无助。

中华人民共和国成立后的几十年间，特别是改革开放后，"十桥飞架东西，天堑变通途"。蕉岭境内30多公里的水路上依次排列着10座美丽的现代化钢筋混凝土大桥，它们将两岸连接起来，像巨大的脉管与河流构成水上交通的生命经纬线，而脉管里流淌的是故乡人实现梦想的喜悦和对祖国的感动。

从高处往南眺望，一座座宽阔的大桥像一道道彩虹横跨在石窟河上，河水从桥洞流过，流向远方，仿佛在述说河流的古今。缓缓往南蜿蜒的澄碧的河水，灰白色的桥梁与沿河两岸的山岭、田野、村庄紧密融合在一起。河流、绿道、竹林、道旁五颜六色的花树，美丽的十里画廊赫然眼前，大自然与人文景观构成石窟河上独特的旖旎风光，让人心醉。

到了晚上，桥上的装饰灯，两岸的路灯，城市和乡村的霓虹灯、照明灯，在河水的引导下，融汇成一条灯的长龙、光的世界，它们以光明的生命向人们展示石窟河的变化和它深层的象征意义。

是的，故乡的变化让我沉醉，让我震撼，让我的乡愁不徘徊。每一次的相见，都让我像翻阅一篇篇美丽童话的孩子，新奇、惊叹、激动。一切都在变，故乡在磅礴的主题下演绎着一个个全新的情节。

走进故乡，我潮湿的眼睛总也看不够。走着，看着，每每会从内心发出无限的感慨，每每会由衷地说出对故乡的热爱，并由此而延伸热爱伟大的祖国。

黑白·哲思

我的工作室

　　我的工作室叫"村一阁"，在蕉岭县城比较繁华的奥园商业街内。工作室左边的店铺是我的学生彭的休闲室，是用来泡茶聚友的；右边是一位年轻人开的设计室，主要搞室内装修设计，店名"本空"，有点禅意，想必店主是个信佛的人；工作室的对面好像是某公司办公室之类的，平时只有一个年轻女子坐镇。对面楼上的海鲜餐馆就不必大肆渲染了，油烟味、吃客的喧哗声和醉汉的吆喝声时不时传送过来，让人有点心烦。哦，差点忘了，斜对面开的是一间宠物店，除了养有猫狗之类的，还养了一只老鸹，平日里"呱呱呱"地叫，店主应该是"百无禁忌"的人。当然，这些都是闲话。

　　总的说来，工作室虽然地处嘈杂的商业街，但门里门外却是两个世界。只要门一关，喧嚣和浮躁就被拒之门外了，门内应该还算是个宁静闲适的地方。这或许是因为室内"自然风"装修风格的原因，又或许是"村一阁"这样一个略带"土气"的室名的原因，抑或是室主渴望回归大自然的心态使然。

实话说，工作室起这个名应该是潜藏在意识里很久的一种期待。试想，一个人在城里生活久了，回忆起曾经生活过的乡村老家，或者过年过节时回去，觉得那些老地方仍然是那么宁静自然，家乡人的生活仍然过得那么悠闲自在，一比较，回归的念头便会油然而生。正如听多了听久了多维多元、喧嚣繁复的城市交响曲，便会思念起单纯的风吹稻花、绿染清流的乡间小调来。

起"村一阁"这个室名，我还是颇费了一番心思的。"村"当然是乡村，这是中心词，忽略不得，况且我的笔名叫"石窟村人"。可我还有另几层意思。我妻子的名字中有一个"春"字，便取了它的谐音，以示爱意；"一"是数词，仍然还是别有意味的，我女儿单名取一"丹"字，"丹"与"单"同音，又是独女，那就是"一"了——这样一来，一家人的寓意就凑齐了。"阁"，亭台楼阁、室庐轩榭，"亭台楼"是说不上的，大了去了。虽然鲁迅先生有"躲进小楼成一统"之说，但我的工作室在街边一层，不在楼上，试想，临街铺面，能躲得到哪里去呢，更何况平平凡凡的我又有什么值得躲的呢？楼上就不同了，多了个楼梯，就像多了些许秘密，上楼梯的响动大且离门有一段距离，自然躲起来的可能性也就大得多了。更何况鲁迅所处的是不太平的年代，以他的名声与"匕首"式文章的犀利力度和先生的社会影响力以及当政者因害怕而对他不断迫害的处境，"躲"是很正常的。所以我用"楼"确实与实际不符。"室"觉得俗了点，刘禹锡先生有过"陋室"之谓，但他名气大了，说什么都恰如其分。

"庐"还是不恰当，"南阳诸葛庐"，唉，太自不量力了吧。"轩榭"就更不妥了，没有山没有水没有自然风光，四周都是商铺街道，满眼都是俗事，缺少天然意趣，也缺少通透闲适之感。所以就来一个"阁"。"一阁"，客家话谐音为"一角"，乡村的一角嘛，在城里，能占有乡村一角，也就知足了。

毋庸置疑，我喜欢乡村生活，除了那里有年少时难忘的经历和因为幼稚而演绎的可笑的故事，也有长期在城里生活与记忆中的乡村生活的相互比较后产生的想法。虽然我在老家居住时还很小，时间也不长，那时的我少不更事，不知道什么叫艰辛，自然日子过得无忧无虑，但记忆中的家乡人那种忙碌而单纯的农耕生活是很不错的。村民们自耕自给，吃自己种的粮和菜，虽然平日里缺油少肉，好像也还能随遇而安"穷快乐"，虽然有"荒月"，但求东家借西家的，或粗茶淡饭少点油腥甚至吃些杂粮，日子也还能挨得过去，当然，与现在的乡村环境和乡村生活是不可同日而语的了。

诚然，这一切的"根"终究还是心态心境的问题，每个人有每个人的活法嘛，这或许还有我很早就因为阅读而崇拜陶渊明先生并且喜欢他"采菊东篱下，悠然见南山"的生存状态的原因。乡下人日求三餐夜求一宿，没有过多的奢望，也没有俗事的羁绊，"无案牍之劳形"，生活纯粹而单一，心静了，心净了，乐趣自然随之而来，更何况农闲时大家聚在一起，既有独乐乐，也有众乐乐。其实我更喜欢的是乡下人的心态和性格：无拘无束的山野田园赋予他们淳朴率性、单纯诚实；客家人的自然、随性、淡泊的品质在岁月里长期合理地存在着延续着，并一直自觉地融合着大家的思想和言行。乡邻们都愿意实实在在地过平淡日子，虽然有贫富差距，对贫富的表述也很直接，但只有心理的不平衡，绝不会有城里"等级观念"和"职场规则"的虚伪作态。高兴时乡里乡亲聚在一起喝点小茶小酒，或几个人拼凑些食物"打斗四"，大娘大嫂们有空时"堆"在一起东家长西家短地闲聊；村子里的人不高兴时也会吵吵打打，甚至闹得鸡飞狗跳，而且无论老幼尊卑，更不管官大官小。

在乡村——不必小心翼翼地过日子，不需要戴着假面具去虚假应对；也没有被动接受指鹿为马的压抑的困窘，不怕被"穿小鞋"，被"潜规则"，远离官场职场的"尔虞我诈"。所以，我一直渴望过这种平静的生活，也曾经产生过"归去来兮"的念头，可老家距离县城较远，家人又都在城里工作生活，只得在离住家不远的商业街买了这么一个小店面，作为退休后休闲的工作室，以遂回归心愿。

也因此，村一阁里面的布局和装修风格很自然就选用了接近乡村生活的"自然风"，有诗为证：

街道喧哗，看不见蓝天白云

在村一阁，名字和装饰都陷入矛盾

移植来的山野乡间：花草丛生

乱石堆叠，水声潺潺

翠竹与珠帘相映

有古琴一张，默然无语

很多人知道，阁主的梦既真实，又虚幻

在逃避和向往中挣扎

很多人知道，阁主的画和文字都欠些火候

"陋室"的说法也很不实在

往来更不纯粹

很多人知道，缠绕的绿藤是假的

像口水诗人说的——

绿藤，很绿，很绿的绿藤

阁主的理想很绿，很绿的理想

没有四季

很多人知道，村一阁

在联想和想象中

日夜悬浮

现实与理想

都有点假

就像诗里说的，村一阁虽然处在矛盾之中，既有逃避也有向往，但回归自然以求心灵宁静是显而易见的。为实现这一愿望，我在室内随意种些花草，堆些乱石，当然竹子是少不了的，"不可居无竹"嘛。还布置了人工水槽，珠帘隔断，木质书架，等等。墙上挂有几幅自己画的工笔花鸟，室内摆放一些自己曾经用过的笛子、手风琴、钢琴之类的物件，一切都来得随性，一切都顺应自然。出发点也很单纯，只是想过平平静静的乡间生活，纵使"有点假"也还不错。绝对没有什么"问君何能尔，心远地自偏"的隐者之高远心志，人生到了这个时候也就是这么回事了——累了，歇歇；烦了，静静。无聊也好，虚假也罢，在城里有一个这样的去处寄托属于自己心灵的"乌托邦"，骗骗自己，不过尔尔。每天身处室内，看看绿草青藤，听听潺潺水声，面对一切率性生长的事物和自然空间，人也就变得率性真实起来。

所谓"往来更不纯粹"，这是相对于先贤刘禹锡"谈笑有鸿儒，往来无白丁"的名句说的，自己只是一个教书匠，连"小儒"都算不上，怎能大言不惭地谈"鸿儒""白丁"呢，所以往来不纯粹得很。虽然起初也想过在平日里相邀一些喜欢文学艺术的朋友们谈谈天、说说地，酸一把的，可是后来的一件事让我改变了初衷。我的另一首《背影》的诗里记述着这样一个心路历程：

他推着货篓里只剩下几根甘蔗的自行车
默默走在行人稀少的大街上
落日把他的身影瘦成一根长长的甘蔗

晚风翻卷出来的往事
像玻璃门窗那样清晰透明
可我，始终没有向门口迈出一步

暮色辽阔，淹没了最后的霞光
同时淹没的，还有他瘦长的背影
和，我的惶惑不安

这是我的一次真实经历，那个"背影"的主人翁是我儿时的一个很要好的玩伴。几十年的城市生活的"浸淫"让我变得自以为是、自命清高起来，让我与过去隔离，逐渐忘记了原有的本我。那次偶遇"背影"，拙劣的表现让我懊悔了好久，也因此促使我不断自省，自觉地拆掉鲁迅先生笔下的"四面看不见的高墙"，如此自然朋友也就多了起来，不管是鸿儒还是白丁。

应该感谢这个处在闹市还能带给我自然宁静的工作室，因为它让我实现了回归田园的梦。在这里，我可以见想见之人，做想做之事，不仅让我有身处大自然的感觉，更让我的心灵获得本质上的回归：任何浮华和虚荣都会随肉体的陨灭而消亡，任何欲望和贪念都会随时间的推移而远逝，而自然随性的真我思维会在真实的生活中不断延续，并因真我的存在而变得更加坦然、愉悦。

回　家　路　上

　　如果步行的话，从奥园工作室回现代城住宅小区单程约有两千步，每天走三个来回大概就是一万两千步，自从手机下载了记步数的软件，我就喜欢步行了，而且还乐此不疲，似乎这样做不仅可以锻炼身体，还可以成为生活中的一点小追求、小乐趣，虽然有时不免会觉得有些无聊。

　　上午十一时二十分，我就从工作室回家了，因为要赶回去买菜做饭。连续下了几天大雨了，早上出门时天虽然还是阴阴沉沉的，但乌云薄了许多，阳光也似乎努力想从云层的缝隙里钻出来。应该还是阴天，我自以为是地想，也因此便没有带伞。这时才发现上当了，老天一转晴就暴露出季节的真面目，肆意地印证"六月天，猪肚脸"的客家谚语。南方的夏天，气候变化就是这么反复无常。

　　阳光直射下来，头上和身体裸露部分热辣辣地疼，呼吸也好像有点困难起来，我只得沿着铺面的遮阳棚下面走。这样走了有一段路，就出了奥园商业街的地界，接下来就是碧桂园的店铺了，而这里的店铺是很少有遮阳棚的，如果靠近商铺走，阳光从墙壁上反射下来热得更厉害，于是只得从街道上经过。街道旁的人行道虽然裸露在阳光下，但道旁有路树，如果沿着树下走，毕竟还可以得到短暂的阴凉。虽然每棵树的距离有数十米，又因为是新开发区，路树的叶子还不是很茂盛，稀稀疏疏的，像小孩脑瓜子上还没有长全的头发。

这是必经之路，必须走过去，就像人生要走过许多艰难的路一样，绕不过去都只能硬着头皮向前走。我站在第一棵树的树荫下，望着长长的人行道，太阳直落在淡红的透水砖上，树的阴影斑斑驳驳地投在地面上，树和路一直往远处延伸，虽然还没有火焰般的热气冒起来，但热度却还是有点烫人……这样的画面可没有丝毫诗意。

没有想到今天会如此强烈地渴望树荫，强烈地急于走向每一棵树。其实，这时我和树的外部条件都是一样的，头顶上有坚硬的阳光，空气中有让人窒息的热气，我们都在接受命运的煎熬。可是树跟我还是有区别的，树必须站在原地承受一切，而我还可以有多种选择：走向树荫或就近买把伞或干脆"打摩的"。由此看来，我的处境并不窘迫，只是因为有较强的物理反应或者说身体肌肤的条件反射而已。

走着想着，下意识里我感到眼前的情景好像与现实生活有某些关联，阳光下有一些思想的碎片在晃动，在刺激着我的神经，但又虚无缥缈的，捉摸不到，于是我干脆站在树荫下，闭上眼睛。很快，一些潜台词在脑海里隐隐约约地掠过，起初有些朦胧，随后渐渐清晰起来——此刻的我仿佛急着想跟树进行心灵对话，或者说急于寻找眼前的物象与生活中的某些现象和哲理的契合点——这些树总在顶着坚硬的阳光或者冒着风霜雨雪，在恶劣的环境中生存，但它们顽强地壮大着自己，变得枝繁叶茂，为的是能够创造出更多树荫以更好地保护行人。它们的行为本来是被动的，但今天却让我感受到了它们的主动和无私，而且是那么强烈。忽然想起小时候看见过的场景：田野里，老鹰从天上俯冲下来，家禽们都急急忙忙跑着躲起来，而母鸡却打开翼翅拼命保护着孩子，脖颈上的毛竖了起来，像勇敢的斗士，虽然它知道自己力量弱小，但保护孩子的本能却让它把一切危险置之度外，毫不畏惧。

　　这很容易就让我想起父母，我们的父母和眼前这些被我拟人化了的道旁树和母鸡不也是一样的吗？他们都有同样的行为和品质。他们尽自己最大的努力为子女营造最优越最安全的环境和条件，他们选择了自己设定的只有一个选项的人生答题，而且唯恐完成这一题目时会有疏漏，甚至于因此而诚惶诚恐。哪怕不能时刻将孩子庇护于羽翼之下，也尽力为子女的成长无私付出，让他们的日子过得顺当一点，让他们获得更多的幸福和希望。

　　眼前的树的象征意义愈来愈明晰，内心的愧疚便愈来愈加深：如今我的女儿也长大了，在她的成长过程中，我们像所有父母一样，营造足够多的"树荫"护佑着孩子，希望他们能够幸福愉快地成长。但此刻让我汗颜的是，我在对自己为孩子付出感到自豪的同时，却忽视或者忘记了父母曾经那些同样的付出。不是吗？当我们反反复复在子女面前絮絮叨叨着自己牺牲奉献的"伟大"时，却很少想到或提及为自己牺牲奉献过一切的父母的伟大，甚至好像他们的付出和自己的获得都是理所当然的。现实中，我们的付出不断被强调、被扩大，父母们的付出却不断被忽视，甚至遗忘。更可怕的是，我们的实用主义思维和行动会一代一代地传下去，那么，我们或我们的孩子们就会真的忽视或遗忘一些生活中最为宝贵的东西……

父母们像路旁的树一样，再艰难都始终挺立着，为他们的子女头顶烈日、遮风挡雨，以后，当孩子们离开了这些树，便逐渐忘记了那些曾经给自己创造树荫，曾经为自己付出一切现在仍然蹒跚在人生路上的父母们，忘记了他们静候在岁月里，等待那个曾经哺育过爱抚过的日思夜想的孩子，或等待孩子们那些吝啬得不能再吝啬的来电，或者在坚硬的阳光下、寒冷的雨雪中翘首以盼……

"鸦有反哺之美，羊有跪乳之恩"这句话我们耳熟能详，这个中华民族的优良传统也许我们并没有忘记，只是我们仅仅用这个传统教育下一代，并一再要求他们牢记，而自己却最终在时间长河中渐渐将它淡忘……

写到这里，忽然想起韩愈《原毁》中："古之君子，其责己也重以周，待人也轻以约。"衡量我们现代人的一些所作所为，我有点汗颜，我想或许可以改一改："今之君子，其责己也轻以约，待人也重以周。"

不是吗?!

夏日随想曲

不知道是什么原因，我这个人总喜欢想一些不着边际的事情，譬如近来一直在想：一年四季中究竟更喜欢哪个季节？为什么？虽然觉得这样的奇思怪想有些无聊，而且浪费时间，但却又有点不能自己，或许这就是所谓的文化人的怪癖吧。

当然，我应该是偏爱夏天的，但如果要让我迅速说出个子丑寅卯来，好像也不太容易。我也曾经很认真地推敲过，努力寻找过一些比较合理的理由和解释。

不过，有一件事不但让我觉得奇怪，而且让我百思不得其解。儿时的很多往事都忘记了，所读过的书更是忘得差不多了，可是，几十年来，脑海深处偏偏留存着小学语文课本中"夏天过去了，我还十分想念……"这个句子，而且时不时会跳出来，好像印象还特别深刻。我曾经因此而翻阅过儿时的记忆，是因为儿时的那个夏天里的那件事让我忘不掉夏天？好像又不是，因为后面的句子我又全然想不起来了……最糟糕的是连课文题目和教我的语文老师都忘记了。看来这一点还不足以支撑我喜欢夏天。

是因为人生中的某个夏天有过刻骨铭心的恋爱经历或者发生过什么惊天动地的大事？应该也没有。我的人生，平平淡淡，爱情是有过波折，也曾死去活来，可也并不只是局限于夏天，不能牵强附会。况且我很小就一个人在老家生活，在艰难困苦中摸爬滚打出来，浪漫和多愁善感的"柔情"自然就少了许多，却多了自强自立的"硬气"，纵使生活中有一些小波澜小浪花的，也会因为重量太轻，勾不动我对夏天的特别好感，更不用说会有无病呻吟的"心灵鸡汤式"的情感表达了。

是因为窗外连片的荷塘，让我联想起"接天莲叶无穷碧，映日荷花别样红"的佳句继而对夏天产生特殊的情感？好像也不是。我自认为跟大多数人的看法有点不一样，我是从大众的不同方向走近荷花的，因为我不大喜欢盛开着的荷花，总觉得有点哗众取宠，哪怕它是众花凋零的夏天里存在不多的花，哪怕读过许多赞美荷花的诗，哪怕刘禹锡的《爱莲说》倒背如流，都难以左右我的想法。说句实话，我倒是更喜欢残荷，什么原因也说不透，总觉得残荷与我的生活经历或者是个人喜好有某些关联，而且更让人心动，也因此，我曾写过一首冬日残荷的诗，抄录出来，看能否找出一些与众不同的心路历程：

故乡的荷塘很美

特别是冬夜的时候

寒月下乳白如少女的凝脂

寒光里闪烁的没有轮廓的空灵

寒风中肃立满塘不屈的残枝

她的微澜，我的心疼

故乡的荷塘很美

特别是，我坐在她身旁的时候

为什么偏爱夏天这件事着实让我冥思苦想了好长时间，没有想到参透这个问题的机缘竟是在夏天里的一个停电的晚上。那晚，我穿着裤衩坐在阳台的藤椅上，忍耐着闷热，突然就想出"爱"夏天的缘由来。

夏天是真实的。夏天毫无保留地表达自己炽热的情感，让所有生命都呈现热烈奔放的姿态，虽然有点像不谙世事的愣头青——率性而为且不顾别人的感受，但也的确是"愣"得真实可爱。夏天不像春天那样矫揉造作，处心积虑地用繁花和绿草掩饰枯枝以及裸露了一冬的土地，用春雨的珠帘遮掩缠缠绵绵的愁思；也没有秋天东施效颦式的无病呻吟，"满地黄花堆积"或依赖虚假的"霜叶红于二月花"来装饰满腹愁绪；更没有冬天的冷酷肃杀，"明月照积雪，朔风劲且哀"的愁景愁语愁情。夏天真实地表露外部和内心世界，把一切都如实地摆在桌面上，像个实诚的男子汉，君子坦荡荡，一就是一，二就是二……

夏天是自由的。夏天的一切物象和意识都表现得自由奔放、无拘无束，还原一个放浪形骸的自我。譬如夏天的我——可以穿着裤衩在套房里走动，自由自在，毫无羁绊之感；可以在家人熟睡之后，偷偷溜进客厅打开空调打开电视躺在沙发上优哉游哉地看球赛，累了就睡上一觉，毫无顾忌，也不怕冷着冻着；可以跳进清凉的江河中游泳，洗涤身上、心中的灰尘，让纯净的自己与纯净的大自然融合，达到天人合一的最佳状态和境界。夏天还可以率性地呈现自己，在热辣辣的阳光诱导下，激情满怀，赤诚地想和说，活出一个真真实实的自我。夏天就是这样将自己毫无保留地交给了空气和阳光，交给无拘无束的自由，让人们从西装革履的繁文缛节中解放出来。

夏天是朴实的。热辣的阳光将所有的物象表达得朴朴实实：朴实的空气和云烟，朴实的河流和小溪，朴实的荒地和野草，朴实的城市和街道，朴实的思想和行为……精致干练，简单实在。远离浮华靡丽，虚荣伪作，如真挚纯净的山歌民谣，轻启朱唇便流露自然亲切之感，特别接地气，特别入心；远离把真实的自我包裹得严严实实的坚硬外壳，让生活变得轻轻松松；远离臃肿不堪的虚伪，丢掉沉重的包袱，轻装上阵，让日子过得简单而真实可信。

作家三毛说："夏天像一首绝句。"我觉得这个比喻很好，很贴切，绝句的特点就是"瘦身"的艺术——以小见大，言简意赅。

好像还遗漏了一个确凿的事实——鲁迅先生《故乡》"瓜地刺猹"情节中那个天真活泼、无忧无虑的少年闰土形象和夏天傍晚的自由、爽朗的环境让我喜欢而且向往，那种纯净和纯粹一直影响着我的人生。

　　我想，以上几点应该可以支撑起我对夏天偏爱的怪念头了，当然，这只是我的看法，很粗浅，甚至偏颇，或者说写得很有点不知所云，但我毕竟尽力去用自己的双脚、用眼睛、用身体的每一个部位去寻找、探索和证实夏天的内涵和随想了，也许只是限于知识储量和写作水平的不足，有什么办法呢。

　　诚然，我不能将我的喜好强加于别人，更不能强加于读者，不过，如果真的能因此而让我心中的记忆中的夏天清晰起来，并让我未来的夏天明朗起来，真实、自由、朴实起来，那么"夏天过去了，我还十分想念……"这个难以忘怀的句子还是应该经常念叨念叨的。

春江水暖鸭先知

拜读周作人大师的散文《鸟声》，感佩之余，总对他在赞美"以鸟鸣春"的鸟的同时过分贬抑鸡鸭为不知四时的"家奴"说法有点不以为然。

记得苏轼在《惠崇春江晚景二首》诗中有"春江水暖鸭先知"的句子，意思是鸭子在水中游戏，它们最先察觉初春江水的回暖，或者也可以逆向思维，鸭子先知道春天来了，水暖了，所以到水中游戏，并以"春江水暖"色彩强烈的画面感告知大家。可见并非只有鸟知春，身为"家奴"的鸭子也知春，不但知春，且"先"知春。由此看来，生活中的任何人都可能会有看法偏颇的时候，不管是大师还是小老百姓，同时还充分说明不能以貌取人或以偏概全，更没有必要因为要扬 A 就把 B 贬抑得如此不堪。其实鸟和鸭均"知春"，同样享有被人赞誉的权力，只是每一个人的生活经历和生活态度不同，对事物的观察视角和评判角度也会有所不同罢了。

姑且不去查询鸟与鸭在生物学上是否同纲同属同种，野鸭是否也应该属于鸟类的范畴，不过有些名家倒是有《诗经》第一篇《关雎》中的雎鸠不是鱼鹰而是野鸭子的说法，这样一来鸭的历史地位就不低了；当然也不必去比较鸟的"雅气"和鸭的"俗气"，雅俗在人在心。就我而言，我的情感是倾向于赞美鸭的。究其原因首先是我的人生经历和生活环境的引导，我出生在农村，接触的事物多是"土气""俗气"的，所以对鸭这一物象的感性认知比鸟更早一些，情感认知自然会更深一些，甚至可以说这些认知始终伴随我的人生，从幼年到现在，认同感和归属感已经根深蒂固。对于鸟的概念的认知比较迟，这当然取决于它不同的生活方式，与人类又较为疏远些，情感认知自然在鸭之后，当然，鸟的意象内涵和诗意联想就更不用说了。

　　其实，鸟和鸭都属于大自然的"臣民"，只是它们的特征有别而已：鸟飞得比鸭高远，仿佛志向也就高远一些；鸟还会躲藏在茂密的树丛中，用优美的歌声诱惑人类，"未见其人先闻其声"或者"只闻其声不见其人"，搅扰得你心痒痒地想见见不到而又欲罢不能；鸟还会在你着意寻找的时候突然消失得无影无踪，故作神秘，给人以希望又让人失望，这样一来与人类的生活距离和心理距离自然就比较远一些。鸭偶尔也会飞，但飞不远，况且因为是"家奴"，会出去也会回来，相对而言，较传统，有"家"的观念，接地气，与人类走得近，实实在在相互就比较容易理解，情感也自然会深一些。鸟飞走了大多不会飞回来，当然除了候鸟，况且飞回来的也不知是不是"旧日堂前燕"，甚至于囚在笼子里的鸟也千方百计想"破笼而逃",且不论与渴望自由有没有关系,反正鸟与人类生分得多。

凡在乡村生活过的人都知道,"鸡鸡鸭鸭"是幼时"蒙学"内容之一,也是农村孩子最早认识的人类以外的事物。我记不起小时候奶奶是否为我指认过院子里的鸡鸭,但乡村的老人们经常让孩子认识这是"鸡鸡",这是"鸭鸭",而且还让小孩子和它们一起玩,它们还能成为孩子们的朋友。这也说明,人大概是先认识鸡鸭后认识鸟的,也说明人类和鸡鸭相处更和睦些(当然远古除外)。这是我后来在现实生活中看到和想到的,也应该是乡间居住过的人都熟知的事。

当然,我并不是说我偏爱鸭就对鸟或说鸟优越的人有什么看法,鸟有它自己的生活习性,有渴望飞翔渴望自由的高远理想,鸭也自有它的生存本能和生活态度,物竞天择嘛。就"知春"这一功能来说,鸟和鸭是一样的,"以鸟鸣春""春江水暖鸭先知"都足以证明。所以凡事不能失之偏颇,不能过分地对事物做绝对的主观评价,就像现实生活中的富人、做官的人和各类明星与平头百姓都是人类中的一员,他们各自的生活都是生活,都是过日子,不可能过"月子"。大家都平等地享受大自然的恩赐,没有谁比谁高出一头,谁比谁优越,没有必要分出个三六九等来,更没有必要因此而产生优越感或者自卑感。只能说是生活环境的不同,每个人的生活经历抑或生活态度不同而已,各人有各人的活法嘛。

也许因为我是地地道道的"起于青蘋之末"的"乡下人"的

186

原因，于我来说，就是比较喜爱"鸡鸡鸭鸭"的生活方式，喜爱简单的词汇中透露出来的质朴、平实、自然，喜爱"鸡鸡鸭鸭"祥和而实在的乡间生活。特别是在曾经追求过"鸟"的追求之后，虽然没有怎么"折翅"，但确实心有点累，总想回归"鸡鸡鸭鸭"的日子，做个悠闲自在的"石窟村人"。诚然，我也曾经说过，我不能强迫改变别人的观点和内心的意愿，选择合适自己的生活方式或喜爱自己喜爱的生活方式还是可以的，这就是所谓的对事物有不同看法的问题或者说是人生观的问题了。

更何况既然鸟和鸭都同样"知春"，不分轩轾，就不必要去赞美谁贬抑谁，按着自己的人生哲学和心态把日子过得实在一点、随性一点、悠闲一点、率真一点，"不以物喜，不以己悲"，何乐而不为呢!

一个早晨的一些琐事

　　一个普普通通的早晨经历那么多，联想那么多，这是我始料未及的。

　　已经是秋天了，天却下着小雨，虽然有点让行人嫌厌，但我却觉得清爽，因为我喜欢这样的"雨中即景"，它很容易让我联想起一些浪漫的过往……

　　撑着雨伞一路往工作室走去，因为心情特别好，所以感觉也特别好。我像年轻人一样轻快地走着，而且不断地打量身边走过的人，看他们的神态，看他们的衣着，甚至观察他们雨天穿什么鞋子，打怎样的雨伞……

　　竟然会突然想起美国老电影《雨中舞》来，而且竟然会产生像电影主角那样在雨中跳踢踏舞的冲动，当然，最后还是东方人的矜持让我停止了"疯狂"，但冲动的余韵还在雨中延伸……俗话说"无巧不成书"，行走间，忽然看见不远的前面一位与我同一方向走着的身材姣好的女子，她步履轻快，充满活力，看背影约莫 30 岁，应该是个美少妇吧，我想。一种大家都可以理解的心理催促我快步赶上前去，何况今天有个好心情，更何况又身处浪漫的"雨中即景"。她走得好快，我紧赶慢赶才赶上她，回头一看，果然是一个美少妇，我为我准确的预估有点沾沾自喜。

也许是她早就发觉了我的"企图"，也许我紧跟的急促的脚步声引起她的不安或不快，看得出来，她有些恼怒。我本能地笑着向她道歉，说了声对不起，我想当时我是诚恳的。随后，等待，甚至可以说是盼望着她的嫣然一笑，那该是多么惬意的事情，"美人一笑倾城国"嘛，跟诗的意境又是多么接近啊。我满怀希望……

可是我等到的却是她甩给我的出乎意料的一句愤愤然的话："流氓，不正经！"我愕然了，内心被完全颠覆，本想解释，但又不知该从何说起，只是呆着站在原地，像个被雨水淋得湿透了的"木头"。随着"咯咯咯"高跟鞋踩踏的声音远去，直至女子走出很远了，我才回过神来，"窈窕淑女、君子好逑"，爱美之心人皆有之……何况……我在心里嘀嘀咕咕的同时，一种从未有过的认知上的反差让我感到委屈，甚至有点不知所措，突然恨起自己的懦弱来。不管怎样，是自己唐突在先，我为我这个年纪仅存的一点"轻浮"和这句潜台词付出了代价。

到我的工作室有两条路。一条是从街心穿过去的，那里比较繁华，人也比较多，特别是上班时间，车辆也很多，好在街两边的行人道很宽阔，走路丝毫不受影响；一条是河岸边的绿道，路程是远了一点，但风景好，行人也少，清净得很。刚遇到这样的尴尬事，很自然地选择了后一条路。

心中的懊恼很快被河边的美景驱散了：河两岸绿道和绿岛上的树木被秋雨清洗得格外青翠，也特别清新；微风把绿叶和河水的味道吹送过来，很甜；河里有船家在冒雨捕鱼，撒网的优美动作让我想起故乡想起少年撒网捕鱼快乐的时光，那时的无忧无虑的日子让我格外怀念。我一边回想着一边欣赏着眼前的雨中景——绿树、秋雨、河流、船家，还有那久违的记忆中的撒网的场面，多美好的画面啊，我获得了视听与嗅觉的快乐，甚至可以说是陶醉。本想再好好欣赏一下，可不知为什么头脑中突然冒出道家和儒家的"入世""出世"的问题来，也许是因为刚才选择道路的原因吧，或许是被眼前的美丽景色触动的原因，又或许是自然随性的渔家生活突然将我潜藏心灵深处的回归意识导引出来的原因，只是没有想到，这一切竟然会联系起人生之路来。

仿佛确实也有异曲同工之处，儒家哲学处处体现出积极的"入世"思想，所谓"修身、齐家、治国、平天下"，所谓"学而优则仕"。儒家思想是专门教人读书做官的，自然就是今天所谓的"官本位"的了。而道家哲学中，老庄哲学又有截然不同的两个方向：前者也是入世的，虽不积极，但也不回避，所谓"小隐隐于野，中隐隐于市，大隐隐于朝"；但后者是绝不入世的，隐遁山林，甘做闲云野鹤，是真正的隐士；而似乎还有一股中间"力量"，既不是入世也不是出世，而是介乎两者之间的游世……反正都是所谓的保持独立人格、追求思想自由、不委曲求全、不依附权势且具有超凡才德学识、真正出自内心不愿入仕的隐居者，或者用现代说法来形容是"理想主义者"。我现在选择较偏僻的道路，喜欢心灵回归的自然状态，是入世、出世抑或游世……刚想到这里，又不禁哑然一笑，自己是小人物，出世、入世或游世好像都与我无关，或者说都无所谓，何必……于是收起心思，重新享受起眼前这些南国特有的秋景来。

　　离我的工作室不远有一间早餐店，我选了一张门外廊檐下的桌子坐下，因为我喜欢光线较好或视野较开阔的地方，为自己能独占一桌，还特意将雨伞挂在另一张椅子靠背上。刚坐下，一位老妇人就在我对面坐了下来，仿佛嘀咕了一句什么，然后将我的雨伞放在一边。她没有点餐，看来她不是来吃饭的，好像是走累了，想歇歇脚。虽然很不情愿，毕竟自己的如意算盘落空了，但也没有办法，只能随遇而安了。老人坐了一会儿便站起了身，歉疚地对我笑了笑，她仿佛"洞察"了我的动机，我也笑了笑，脸上好像有点发烧。她将雨伞放回原处，最后把椅子放正，并随手抹掉不小心沾在桌面上的雨水。老人一连贯的小动作让我的心咯噔一下，仿佛突然被什么刺中，又好像隐藏在思想深处的某些困惑被翻卷出来，我很难说出此刻复杂的心情，却确实为自己刚才的做法和想法惶惶不安起来。

　　回到工作室，觉得今天早上的几件事值得记录下来，写一篇随笔类的小文章，唯恐突发的灵感溜走，赶紧把它写了下来。写完，伸了伸懒腰，才想起早餐钱还没有付呢，好在离早餐店不远，又是熟客，不然又免不了尴尬了。

秋　　叶

悲春伤秋，这本是文人墨客们的"通病"，不过，略微了解国学的人都知道这类文人还属于"温和派"或者叫"自虐者"；而有一些文人却没有那么"好性情"，他们将秋天叶落的境况归咎于秋风，而且极尽嘲讽谩骂之能事，仿佛秋风就是秋叶残败陨落的始作俑者……

虽然说"诗言情，诗言志"。可是，细细想来，叶子在枝头慢慢变老，该掉的时候自然会掉下来，纯属自然规律，有什么理由埋怨秋风呢？从另一角度看，甚至没有埋怨之必要，既然陨落是生之必然，黄了，落了，又有何妨呢，能说明什么，干秋风何事？

于是我想起了人生，譬如我，生命进入秋季，如秋叶，残败是迟早的事，掉落也是迟早的事，该来的终究会来，感慨虽然少不了，但又何必埋怨秋风继而自怨自艾、妄自菲薄呢？其实，给心灵一个暗示，让内心平静下来；或者换一个视角，以积极的姿态去迎接未知的明天，抑或自然随性地顺应自然，顺应生命规律，"不以物喜，不以己悲"有何不可？

是啊，杜牧不是写过这样的千古佳句吗？"停车坐爱枫林晚，霜叶红于二月花。"绚丽的晚霞和红艳的枫叶交相辉映，枫林格外美丽，诗人流连忘返，到了傍晚，还舍不得登车离去。究其原因是一个"坐"字，释义为"因为"，"因为爱所以爱"，主观意识就很明显了。享受秋景，看红叶，听溪流，何乐而不为呢？它不是与"明月松间照，清泉石上流"有异曲同工之处吗？秋景可也是灿烂的啊……杜牧是晚唐诗人，国运衰微尚有如此心境，可见诗人之豁达。同是晚唐诗人，杜甫的眼中只能是"无边落木萧萧下"。所谓"相由心生"，面对秋景"豁达"与"失落"，自然是人生观不同，诗意的表达也就不同了。

既然不可以改变什么，又何必伤秋伤心呢？更何况"霜叶红于二月花"，"红于"而不用"红如"，很明白是说秋叶是春花所不能比拟的，它不仅仅是色彩更鲜艳，而且更能耐寒，经得起风霜考验。人到中年，经风历雨，甜酸苦辣都经历过了，进入人生的成熟时期，更需要采取坦然面对生活的态度。这首小诗将诗人内在精神世界表露出来，将志趣寄托于眼前事物，托物言志，自然给读者启迪和鼓舞。秋天的诗写到这种境界，生命的诠释也就自然与众不同的了。

记得年少时看过美国作家欧·亨利的短篇小说《最后一片叶子》，文中描写的是华盛顿贫民窟的两位年青的画家苏和琼西同她们的邻居贝尔曼之间发生的故事。琼西在寒冷的十一月患上了严重的肺炎，并且病情越来越重。她将生命的希望寄托在窗外最后一片藤叶上，以为藤叶落下之日，就是自己生命结束之时。于是，她失去了活下去的勇气和信念。作为朋友，苏很伤心，便将琼西的想法告诉了老画家贝尔曼。令人惊奇的事发生了：尽管屋外的风刮得那么厉害，边缘已经枯萎发黄的叶子仍然长在高高的藤枝上。琼西看到最后一片叶子经过凛冽的寒风依然存留下来，于是又重拾生的信念，顽强地活了下来。最后真相揭开：原来年过六旬的贝尔曼，在一个风雨交加的夜晚，为了在墙上画上最后一片藤叶，着凉染上了肺炎。在他生命的最后时刻，终于完成了令人震撼的杰作。

活了树叶，活了对生活失去信心的人，生命陨落却成全了别人的生命，成就了心中难以完成的杰作，小说为主人公赋予崇高的精神境界和高尚品格。当然，我们姑且可以不去评价老画家的所作所为的本质意义，就秋叶本身来看，它的作用它的象征也会让人联想太多太多，不然何以看过这篇小说的读者都忘不掉那片特殊的叶子……

作为清代改良主义的先驱者、文学家龚自珍又有他独特的观感，他在《己亥杂诗》里的"落红不是无情物，化作春泥更护花"更是让人振奋和震撼。落红，本指脱离花枝的花，也可看作"落叶"吧。诗人借花落归根，化为春泥，滋养新的事物表达心志，这样积极向上的人生态度不更值得我们借鉴吗？

这两句诗也包含了这样的哲理："落红"似乎成了无用之物，但从另一角度看，它能化泥护花，仍有价值和作用，它昭示着世上的万事万物均具有矛盾的两面性，"有用"和"无用"不是绝对的，而是相对的，关键在于观察者的视角，在于自身的价值观和人生观。

以上几位名家都是善于给予心灵暗示的高手，而我只是一个平凡的人，最多只会用平和的心态去面对人生，去迎接未来。按哲学家的观点来看世间一切事物都是矛盾的、相辅相成的，就以季节而言吧：春天，既有"好雨知时节，当春乃发生"，也有"清明时节雨纷纷，路上行人欲断魂"；夏天，既有"接天莲叶无穷碧，映日荷花别样红"，也有"赤日炎炎似火烧，野田禾稻半枯焦"；秋天残叶与成熟相融；冬天冰雪与红梅共存。我们的人生有多少事情不是矛盾着但又共存着，我们可以在好景里欢歌，也可以在哀景里期盼，或者干脆随性些，来个随遇而安亦无不可。

诚然，我们不能以己之见挟持任何人认同自己的生命观，但我是赞成积极态度的。"花自飘零水自流"既可看作是对人生的感叹和哀伤，也可看作是懂得适应生命无常的豁达，我们为什么不能在生命中豁达地看待自然和必然，从众人的"伤秋"情怀中跳出来呢？这样不是能让自己活得快乐一些吗？何必拳拳于秋叶飘落的烦恼呢。"赤条条地来，赤条条地去"，原本就是一枚普普通通的叶子，开着，绿了旅程，陨落，归于尘土。"轻轻地我走了，挥一挥衣袖，不带走一片云彩。"

我曾在《秋天的独白》一诗中表达过自己的心迹：

不知道该不该写秋天的诗歌

一枚落叶飘进窗来，翻看我春天的日记

我的情绪还裸露在夏天的阳光里

不懂得收敛

我和秋风争论，面红耳赤

像一朵恼羞成怒的红色野花

虽然，早就知道——秋天过后是冬天

龟蛇冬眠，空山寂寞，河水流淌忧郁

可我的笔触没有一丝秋冬气息

季节之外

诗歌的语言

在燃烧

何必因秋叶的飘落而伤感

日子不会因为重复而停留

即使暂时分别，仍会相逢

无须联想

天高云淡之时

我选择微笑……

内心的救赎

当一切都失于浮躁，人们是否会重新审视当下的急功近利？抑或经过认真思考后会变得惶惑不安，继而蓦然回首寻找一些走失的童年的天真和欢乐，或者小心翼翼地拾掇那些孩提时充满童趣的碎片呢？

一个周末的晚上，我到同事家串门，刚到门口，就听到从门缝里传出的同事的骂声和孩子的哭泣声，此刻，相信大家都会像我一样，在门口停一会儿，以免因唐突而尴尬。然而，过了好长时间，骂声依然不断，哭声也依然不止。

我已经听出了端倪，但毕竟是教书先生，听墙根终不是体面的事，本想离开，但好像又很想将胸中块垒一吐为快，于是便敲开了门……

只看见孩子委屈地低着头，同事手里拿着鸡毛掸子，一见我便愤愤不平地诉说事情的原委。原来，父母的训斥、孩子的哭泣竟然是因为一句"爸爸，让我出去玩一会儿好吗"。玩一会儿，这可是孩子的天性啊，这不是一件小事吗？何必……还是老师呢……正思量着，不经意间，墙上堂而皇之张贴着的满满的"培训排期表"赫然眼前，我明白了，骤然间，我感到了无奈和悲哀！

为了礼貌或者说是爱面子吧，我忍了下来，寒暄几句后便离开了。接下来的几天里，我对这件事总是耿耿于怀，墙上那张表格中密密的经纬线一直在眼前晃动，那横横竖竖的不正像一个囚笼吗？于是我像一位"老愤青"般以犀利的批判者姿态口诛笔伐。当然，结果可想而知，我被严重地孤立了。朋友们都善意地规劝我，一些"有识之士"则严峻提出不同意见：时代变了，我们也要变，这才叫与时俱进；妻子更是毫不客气地说：将来你和你的观点都要远离我的孙辈，以免毁了这后一代。

我很无奈，但我明白，我是醒着的。

我想起了清代文学家龚自珍的《病梅馆记》中的片段："有以文人画士孤癖之隐明告鬻梅者，斫其正，养其旁条，删其密，夭其稚枝，锄其直，遏其生气，以求重价，而江浙之梅皆病……予购三百盆，皆病者，无一完者。既泣之三日，乃誓疗之：纵之顺之，毁其盆，悉埋于地，解其棕缚；以五年为期，必复之全之。予本非文人画士，甘受诟厉，辟病梅之馆以贮之。呜呼！安得使予多暇日，又多闲田，以广贮江宁、杭州、苏州之病梅，穷予生之光阴以疗梅也哉！"

这篇文章是很久以前读过的，要是平时，也应该忘却了，今天突然被现实翻卷出来，或者可以说是被"逼"出来，或许是作者的那份担忧和担当引起了我的共鸣吧。

　　我不知道引用这些来形容时下孩子被"强迫成长"被"揠苗助长"的现象是否恰当，但我想起码目前有些教育方式扼杀了孩子的天性，剥夺了孩子的童趣和快乐以及健康成长的权力的说法应该还是可以成立的。

　　我并不反对教育从小孩子抓起，因为少年儿童是记忆力和模仿能力最强的，少年期也是习惯培养的最佳时机，但我反对因此而剥夺孩子的一切时间，更何况这里还有学习兴趣学习效率的问题。记得很久以前我们便提出让孩子减负，可现如今孩子们非但没有减负，而是学业负担越来越重，培训的科目越来越多，而属于孩子自己的时间却越来越少。虽然一切都说得那么堂而皇之，一切都解释得那么合情合理，但我总觉得我们的决策者们、我们的社会甚至我们的家长好像都忽视了什么，让孩子们活在当下是那么无奈。

　　与之比照，我又很自然地怀念起孩提时的一些快乐和有趣的经历来。

　　记得小时候，玩的项目很多——踢毽子、捉迷藏、滚铁环……每逢夏夜，小伙伴们便手拿一个小玻璃瓶到野外捉萤火虫，把它们放进瓶子中，再在瓶盖上钻几个孔（为让萤火虫呼吸用），做成照明的器物，当作走夜路和读书的"灯"或玩耍的道具。女孩子甚至将几盏"萤火虫灯"挂在窗子上当作装饰品，晚上把油灯、电灯熄了，闪闪烁烁的"灯"与天上的星星遥相呼应，煞是好看。现在想来，这个充满童趣的小活动的确体现出孩童的想象力和创造力。

尤其记得在农村时，晚上，我们就聚在禾坪玩"狼捉羊"的游戏。这个游戏最头疼的是选角色，狼的扮演者倒容易找，因为他拥有绝对权威，掌握生杀大权，大家都踊跃报名。而领头羊就不是那么容易选了，他的责任重大，既要与狼斗智斗勇，又要保护小羊们的安危，往往我们会推举高大且能力较强、大家信得过的"孩子王"充当。小羊们在领头羊的率领下，依靠集体智慧与狼做斗争。毋庸置疑，这个小游戏除开能获得快乐以外，团结协作、依靠集体智慧共同抵御邪恶势力，以及英雄情结、集体主义思想的形成对一个孩子的成长不能说没有丝毫关系。

可如今，外在的环境、外在的压力已经排山倒海地剥夺了孩子的童趣和欢乐。也许我们都急切期盼孩子能够按自己设定的模式成长，于是便将古今孩子成功的案例作为他们成长道路上的标杆；也许长辈们还意欲将自己人生中的缺失强加于孩子身上；也许是因为当今社会畸形的攀比和评价标准以及越来越严重的"重文凭、轻能力"的用人倾向让孩子们成为浮躁社会的牺牲品。不得而知。

传说古时候舜帝命鲧和禹父子俩治水，鲧用的治水方法是"堵"，在河两岸筑起高高的堤坝，平常年还好，一遇特大洪水便没有用了，洪水冲开堤坝，田园毁了，老百姓死的死，逃的逃。禹治水就不同了，他的方法是"导"，即是因势利导。深挖河床，在下游多挖几条泄洪道，用疏导的方法，水就被彻底治住了。当然，他们后来的命运也就可想而知了。

　　话说回来，倘若没有儿时快乐而有趣的经历，倘若没有从童趣中获得的隐藏在内心的潜意识以及后来成长中形成的潜移默化的生活感悟，又怎么能够有今天的体会呢？又怎么能理解孩子今天的孤独、寂寞、无奈呢？也因此，直至写完这篇短文为止，那位同事的孩子近乎于哀求的目光仍然让我产生从没有过的感伤和悲哀。

　　于是，一首属于胡言乱语的小诗《救赎》也随之形成：

那些隐藏于阳光的欢乐

像被黑夜斩断的根须

一节节坠落，一些季节

在成熟的吆喝声里"成熟"

柔软的年龄，被锁紧发条

培训排期表像长满烦恼

经纬线的囚笼

于是，我们回忆

我们回忆，儿时的游戏却沦落为陌生的名词

童谣和月亮里的故事庄严地走进申遗行列

童年的欢乐，在揠苗助长的成语里消失

因此，地平线上，我们丢失了远方

惶恐是必然的

用代价兑换的岁月

无法复原，回不来的

将难以救赎

土色・记忆

阳台随想曲

　　我在住宅的阳台上辟了一个小花圃，说是花圃，其实只是随意地堆放几个花盆，栽种一些常绿的矮灌木和野草而已，即便是"而已"，这里仍然是我平常最喜欢"光顾"的地方。

　　其中一盆小灌木是去年春节前买的，我在妹妹家里见过，因为绿得可爱便喜欢上它了，可算是"一见钟情"吧。于是在花市里买了一盆，又因为它比其他的植物高大，也就自然而然地把它摆放在阳台主景的位置。不过令人遗憾的是，它竟然没有学名。花市老板只知道它叫"招财树"，却说不出它的真实的名字来，我的再次追问反倒惹起了他的不快，只得拍张照片发给学校专业博学的生物老师，谁知，他竟然也不认识。

　　出于说不清道不明的文化人的固执，当天晚上我上网查了许久，最终仍然没有结果，只好作罢。现在想来，终究是因为不喜欢"招财树"的名字，觉得"特俗"，所以要查个究竟。然而，我始终是有点无奈继而又有点愤愤然的，叶子长得绿油油的，

"绿波浸叶满浓光"，而且树叶长得很茂盛，像一团密不透风的绿球，阳光一照，碧光在叶子上流动，夺目而不盛气凌人，如此雅物怎能起如此俗名，岂不是对它大不敬也哉。说来可笑，当时的我大有为它正名的冲动，好像这是我义不容辞的责任，于是就给它起了个名字叫作"绿缘"，取与绿有缘的意思。

　　但现在想起这些来又觉得有点太没有必要了，终究是因为鄙视"俗"的思想在作怪吧，读了点书就觉得很了不起了，自命清高起来，试想大自然不也是由一个个平平常常的"俗"物质构成的吗？更何况每一个人在整个大社会中也不过是俗物一个，只是很多人不愿意承认或不想这样认识自己罢了。但最终我还是为它找到了定位——为了心中所爱之物享有它应该得到的完美和光洁。

　　"绿缘"旁边浅黄的敞口瓦罐里栽种的是一种蕨类植物，我们家乡叫它"鲁草"，这可是我特意从故乡山上采来的，实实在在的原生态野草。种一丛鲁草，而且从故乡采来，也许你会以为太费周折了，但我这样做是有一些原因的，我并不单纯地有回归自然或思念家乡之意，天真而且纯美的少年经历更是值得记忆的。记得那时才十五六岁，正是所谓情窦初开的季节，暑假的一天我们几个小伙伴上山割鲁草，我是唯一的男孩。割完草大家都忙着用绳子把草束起来，束鲁草看似简单，其实是个技术活，因为不但要将鲁草叶子部分往里面交叉叠在一起，叠顺、叠紧，以免松散、脱落，束绳子还挺有讲究，绳子的一边有一个木钩，是勒紧绳子用的，捆好鲁草后要在木钩上打一个结，绳子才不会松脱，可是这个结我总是打不好，反正到现在我都还不行。一位邻家小姑娘看我笨手笨脚的，把我"赶"到一边。我落得清闲，便在一边看她忙，她那利索劲让我不得不佩服。

最写意的还是长长的竹筒里冒出来的绿萝了，这种植物生存能力极强（此文姑且不谈它的意蕴吧），用客家话来说是"贱骨头"，只要有薄薄的泥土抑或清水就能成活生长，而且常绿不衰，显然算不上什么大雅之物，可正是因为有了它才让这个小天地充满生机和活力。它可是小花圃里最具动感、最鲜活的藤本植物：一条条藤蔓向四周攀缘，一簇簇绿叶披散开来，覆盖在栏杆上，造就了大片大片的绿意；几条较长的藤蔓漫过栏杆，向防护网外边自由伸展，把人生和生命的联想和想象拉得好长好长。绿萝这种毫不理会条条框框约束的生长特性和"低贱"的出身让我想起宋玉《风赋》里的句子来："夫风生于地，起于青蘋之末。"这种在大地上随性生长的毫不起眼的植物，出身虽然低微，"起于青蘋之末"，却特接地气，活得随意真实，活得轻松自在，随机蔓延，从不循规蹈矩，丝毫不受繁文缛节的约束，这不正是我的人生理想吗，更何况还能产生"百姓之风"呢。

而让我最得意的却是"无心插竹竹成荫"。原本打算种几根小竹子的，可是妻子极力反对，说竹子容易生虫，甚至怕引来蜈蚣。谁知随意插在泥土里让绿萝攀缘的竹竿竟然活了，长出不少新枝叶来。因为"无心"，妻子也没有什么好说的，只得任其自然了。竹子的新枝叶虽然不多，却给这个万般柔情的小角落带来了阳刚风骨，我想，这恐怕是我种竹的初衷了。而我喜欢竹本来的原因本就是出于对"不可居无竹"的清代著名诗人郑板桥的尊崇和敬佩。郑板桥一生爱竹，他种竹、写竹、画竹，他画的竹劲直、虚心，用笔道劲潇洒，多而不乱，少而不疏。而且他的题竹诗写得特别好，无不体现他的人生感悟和刚直不阿的性格："咬定青山不放松，立根原在破岩中。千磨万击还坚劲，任尔东西南北风。"

小花圃里还有普普通通的野芋头、芦荟，以及一些不知名的花草，这里就不一一介绍了。

虽然种这些花草并不能说明我有什么目的和追求，抑或想表达什么思想深处、灵魂深处的东西，但它们的存在于我可是大有神益的：它们总会及时地打开我的心扉，让我在喧嚣而虚伪的环境里寻求片刻的宁静，让我被拘禁的灵魂获得释放获得随性蔓延，并在闲暇之余构筑不错位的情绪，我想，有此足矣！

秋天的客家小镇

　　打开一把典雅的折扇，一幅水墨淡彩便展现眼前：白色的墙壁、灰色的瓦顶、厚实的木门、方正的小窗，以及悬挂着各式招牌和酒旗的小街，拾级而上的青石板铺就的街道；别具客家特色的走马楼和小庭院的建筑群环绕着小镇中心的围龙屋，像众星拱月似的；几棵上了年纪的古榕和成排青葱的垂柳掩映着娴静的小溪，渲染出南国厚重而清新的风韵；古老的水车坚韧而有节律地重复着纯朴的客家情调；小镇后面庄严、神圣的佛像群守护着山谷的宁静；四周山上的红枫又仿佛有意识地暗示我，这是秋天的客家小镇。

　　如果说，秋日的客家小镇是一幅典雅的国画，那么，秋夜的客家小镇则是一首温馨的诗歌。特别是月色朦胧的时候，小镇在月色里睡着了，小镇四周的山和山上的树木也睡着了，清爽的秋风轻抚着薄雾，让人产生如在梦中的感觉。

　　这个时候，绝没有"萧萧一夕霜风紧"的情绪，更没有"万里悲秋常作客"的伤怀。一个人静静地坐在小溪旁仿古的椅子上，环视月夜中所有带着浓重客家韵味的、让人怀旧的物象，不由得想起久别的令人思念的故乡，以及萦绕心中久久不去的伯叔妯娌的笑颜；注视着赤足在小溪里的客家妇女浣纱的雕像，仿佛看见母亲在用粗糙的双手搓着厚厚的衣衫，搓着她的心事，搓着她的岁月，那轻轻溅起的水花，分明有我的泪花；看着一组在水中嬉戏的顽童的群雕，仿佛回到了故乡，回到了朝思暮想的石窟河，和儿时的玩伴在河水里裸泳，以至于让我想起小时候一些充满童真的让人哑然一笑的梦来……

乘着月色，漫步"客家风情"长廊，一幅幅栩栩如生的浮雕，让人流连忘返，又让人回味无穷，仿佛置身于嘈杂而喧闹的集市中。卖小吃的、打洋锡的、剃头的、牵猪哥的、砻谷磨面的、说三道四的……熙熙攘攘，好一幅客家风情画；而私塾蒙学的、教化孩子的、唱山歌的、讲故事的画面又使我陷入了沉思，一些传统的缺失，让我多了几分担忧。

寻梦，梦就在眼前，梦就在客天下，梦就在客家小镇。尘封的往事苏醒过来，是那么亲切，又是那么令人心醉。

携着秋风，轻轻地走在铺满青石板的小街上，仿佛双脚在历史和现实的脊背上走过。依稀听到客家先祖脉管里的血液在沸腾，又仿佛看到新一代客家人正走出围龙屋，阔步在宽广的路上，于是，一首小诗很快在脑海中成形：

用一个晚上，丈量小街梦的长度

古老的房子很安静，像熟睡中的母亲

借一弯历史的月亮，沿着嵌入青石板的
客家足迹，走进心灵的家园

红灯笼热烈在围龙屋檐上，
像祖辈梦的眼睛，时空在灯影里交汇

梅花扎根的声音很响亮，街两旁
排列着同一种精神，花期正在酝酿

悄悄地，薄雾把我和小镇拥抱在怀里
身旁，水车转动的声音很轻、很轻……

我在小街上流连了许久，直至同住的诗人余村发现我午夜未
归，打我的手机，我才恋恋不舍地回到客房。那天晚上，我做了
很多梦：梦见客家先祖们扶老携幼，推着独轮车，咿呀着中原殷
红的古韵，南下、南下……梦见一群赤膊的男人在建造围龙屋，
墙身一圈一圈地往上长；梦见一张张坚毅的脸、智慧的脸叠影在
历史的长卷中，演绎着美丽的客家方程；又恍惚梦见梅花盛放的
客家土地上，一群人正在劳动着、歌唱着……

后来听余村说，小镇后面还有一个好去处，叫"绿野仙踪"。
那里绿树成荫，曲径通幽，泉水清冽，虫鸟和鸣，有怡人的自然
景观，有优美的旅游胜境，我总觉得诗人的话不太可信，他们热
衷于想象，夸张的描述只是在吊我的胃口。不过，我并没有丝毫

210

的遗憾，反而感到有些幸运，因为我不想所有好梦在同一天做完，留一些美丽的遐想成为再一次游览客家小镇的理由。

离开客家小镇已经有一段时间了，但那个奇妙的夜晚却让人难以忘怀。也许是它让我回忆起久别的故乡，也许是它让我翻阅了久远的历史，憧憬着美好的未来，也许是因为那晚的客家小镇属于我，那晚的美梦属于我……

野 菊 花

秋天，到处都可以看到一大片一大片的野菊花，它们随性地开着，尽情释放着的秋的颜色和清香，充溢你身上的各种器官。此刻的你和野菊花相融在一起，蜂蝶绕着你和花朵飞，昆虫在花叶间、草地上欢跃，不小心从花丛中突然飞出一只或几只不知名的小鸟来，让你惊吓一下，随即你又会心一笑，继续往野菊花丛中走去……

此刻，你会真正感觉出秋天的可爱，仿佛整个秋天都属于你和随处盛开的野菊花。

每当此时，独自一人也好，邀几个朋友也好，离开喧嚣拥挤的城市，到乡间旷野去观赏野菊花，拘禁的灵魂和无聊的思绪瞬间解放出来，灵感也随着视听进入笔端……

闻着花香，很自然地会想到陶潜、苏轼们的菊花诗，也会想起周敦颐的"陶渊明独爱菊……"的句子。那些平平仄仄与眼前的实景联系起来，着实足够让人感慨一番。要是在平时，我应该会从这里生发开去，掉一掉书袋子，层层叠叠地叙事描写抒情，高高低低地感怀叹息，可今天怎么也没有这种心绪。

一阵秋风吹过，一片片花瓣和黄叶随风飘落，那些纷纷扬扬的飘摇之声带着一种刺痛人的凄清钻入内心，瞬间产生的人生感悟让我因不能自已而伤感，我仿佛看见冥冥之中一个生命的指令，不容许任何犹豫，一些生命戛然而止。我肃然而立，目送落花回归土地。

我沉默着，周围没有一丝声响，画面上只有一个茕茕孑立的我和周遭的野菊以及满地的残花败叶，生命的悲欢荣枯，竟被这无言的秋景描绘得如此动情。

我沉默着，面对秋风中飘落满地的野菊花，我的心在震颤，我的眼眶潮湿着，我的鼻子酸酸的……我想起了离世已久的父亲……

此时，我仿佛感觉到父亲应该就伫立在野菊花丛中的某一处，默默注视着我；或者和我一样在看着遍地的野菊花，发出属于他的感慨，不然我何以会突然产生如此强烈的怀念呢？是心有灵犀吗……也许，是因为野菊花的品质与父亲相似，促使我翻开那些久远的记忆吧……

想来应该是的，父亲并不起眼，默默地开，又默默在秋风中陨落，就像野菊花。

在我的印象中，父亲是一个普通的教书匠，平平凡凡地教书，养育我们四兄妹，平平淡淡地过日子，好像没有做过什么轰轰烈烈的事值得我们骄傲，就像秋天的野菊花，漫山遍野，平平凡凡。然而，一次偶然，让我有机会了解父亲。20 世纪 80 年代末，我和父亲在同一所中学教书，那时教育部门刚开始实行职称评定，一时间大家都忙碌起来，毕竟职称要与工资挂钩。评职称会议上要宣读个人履历，父亲的履历让我心头猛地一震：1948年就读晋元中学时接触进步思想，随后参加闽粤赣边纵游击队，并加入了中国共产党，跟随游击队参加了大大小小几十次的对敌斗争，亲身参加过两次解放蕉岭的战斗；中华人民共和国成立后，边纵游击队编入梅县军分区，父亲正式成为光荣的解放军战士，随后转入汕头野战部队，任炮兵班班长；1956年转业，分配到县服务公司任经理；1958年保送广州马列学院学习，毕业后转入教育战线。

父亲这一段光荣的革命经历我们并不是很了解，只是隐隐约约知道父亲打过游击当过兵。因为父亲从来没有跟任何人谈起过他的这一段经历，纵使是他的子女。他从不张扬，从不夸耀，也从没有以此"居功"，更别说是"自傲"了。他平静而低调地生活着，就像满地默默开着的野菊花。

如果不是这次职称评定，也许父亲的"身份"将永远成为秘密。其实，现在想来，我应该是忽视过两件事。一件是小时候我看见父亲的小腿上有一块伤疤，好奇地问："爸爸，这是怎么弄的？""子弹打的。"父亲轻描淡写地说。不知道是不是因为一直以为父亲很平凡，不可能做出什么惊天动地的事来，还是父亲的回应太过平淡，我竟没有深究。一件是我曾经从父亲的箱子里拿出一个包裹得很严密的小盒子，打开一看，里面有一些发黄的纸片和一块印有"八一"字样的勋章，那个年代，有谁会看得上一块不起眼的奖章呢，于是我原封不动地放回去，也没有在意。

每当想起这些，我的泪水就会掉下来。我愧疚于对父亲了解甚少，以至于到现在都难以释怀……然而，细细想来，父亲好像并没有如此多的感慨，也没有如此在意，因为我们每一次问他当兵的事，他都一如既往地轻描淡写地说："那不过是人生的一种经历罢了。"他的人生，就像他说的话那般平实，也像野菊花一样，平平凡凡，盛开过，不太起眼，释放过香，淡淡的。

而让我最为伤心和遗憾的是——父亲的墓碑上竟然没有镌刻关于他光荣历史的只言片语，哪怕"忠诚""坚强"之类的词语；我也竟然没有保留父亲有关这段历史的任何资料，据母亲说，这些资料都因为不断搬家遗失了。直至今天，父亲离世十多年了，我才为他写这篇短文，我可是他的长子啊……

现在回想起来，父亲好像很少教育儿女们要如何做人，却以他正直、忠诚、谦逊的一生让儿女们懂得"勿以恶小而为之，勿以善小而不为"，就像眼前的野菊花，纯粹地表达着人们视听里的秋的纯美静好。

野菊花开着，风过处，淡淡的花香弥漫开来，我站在花丛中，从眼前的景物回归心的深处：人就是时间中一个平凡的过客，任何人都躲不过这样的归宿，但一个人要是拥有一颗野菊花的心，就能走进野菊花的内部，走进它纯粹洁净的心灵，走进它与世无争、淡泊名利的内涵，就能像父亲那样拥有平和的心态，就能生发"采菊东篱下，悠然见南山"的心境，也自然能咀嚼出"问君何能尔，心远地自偏"的况味来。

乡　　思

　　"胡马依北风，越鸟巢南枝。"这是汉代古诗十九首中《行行重行行》里的诗句，诗面的意思是胡马来自于北方，所以依恋北风，越鸟来自于南方，所以筑巢栖居于南边的枝头，比喻远离故土的游子不会忘记根本。虽然这首诗狭义上多看作是寄托思妇离愁别恨之作，但就其广义更可以理解为思念故土的乡思之歌。

　　也许因为我是南方人，所以相对比较喜欢诗的后一句。同样是思乡的情怀，胡马与北风这些意象往往和肃杀、苍凉等形容词连在一起，会让人想到"北风卷地白草折，胡天八月即飞雪""饮马渡秋水，水寒风似刀"的北国境地来，少了几许南国缠绵悱恻"中庭地白树栖鸦，冷落无声湿桂花""春风又绿江南岸，明月何时照我还"的细腻和凄美。

　　萌发这种思绪并将这些诗句翻阅而且迫不及待地诉诸笔端的起因，是今天晚上侨居瑞典的姑姑发来信息，让我在微信上给她发送一些新近拍摄的故乡照片。她一再叮嘱我一定要赶在春节前，说要让家人和瑞典的好友们在春节前欣赏到家乡美景，我听得出姑姑信息语气里的迫切。其实，并不需要她的提醒，因为中秋和春节寄家乡照片早已经是我们和姑姑之间的约定。

但我也理解姑姑的心情，"每逢佳节倍思亲"嘛，她已经很久没有回家过年了。远离故土，思乡心切，侨居地终究是一处暂住的家，就像身处北方筑巢于南枝的越鸟，系住他们萦思和眷恋的是远在南方故乡的家，观看故乡的照片自然是漂泊在外的游子寄托乡愁最直接的情感依附。也因此，我不能不联系起这句古诗拓展的特殊意义来：胡马依恋北风，越鸟将巢筑在南枝，它们尚且能够依此以记住根本，思念家乡，何况情感丰富的人类乎？

我更明白姑姑深藏内心的故土情怀。姑姑很小就随姑婆侨居越南，四十多年前她们便举家投奔瑞典的亲戚了。姑姑虽然久居国外，会说越南语、英语、瑞典语，但她一口普通话说得也是非常流利，广州话、闽南话也说得地地道道，客家话更不必说。这并不能只归结于姑姑的聪明和好学，姑姑是一个家乡观念极强的人，她要求家人在家里要用客家话或普通话交流，她是决不容许在家里用外国语言交流的，更不容许后辈不会说家乡语言。她对家人如此，对亲友亦如此，这一点她很执着，甚至说是有点固执，因为在她的内心深处，语言是祖国和故乡的象征，忘记了母语就等于忘记了根本。

我们常常称赞姑姑是"铁杆"爱国者，因为无论什么时候，无论是面对中国人还是外国人，只要一说起祖国和家乡来她便滔滔不绝，言语中无不流露出依恋之情和自豪之感，她是一个名副其实的爱国宣传员，而且她选择的职业之一就是在当地学校教授中文。她说过，她要尽自己的能力传播祖国文化。

由于路途遥远，姑姑很少回家，但她时不时会让我寄些中国名著或汉语语文课本，我知道她是想更多地了解祖国文化，或者说这也是她思念家乡的另一种方式。记得前几年还特意让我寄几套旗袍，她说旗袍是中国的国粹，穿在身上极舒适且极有归属感……

说实话，邮寄这些物品寄费不菲，但她情愿给我们寄来费用。怕我不理解，还写信或发信息说："你住在家乡，是不了解游子思乡之苦的，在国外，只要看到或听到祖国的画面和有关祖国的新闻报道，哪怕就是听到'中国'这个词，都会让我想起家乡，想起家乡的亲人。每当在电视上看到升中国国旗，听到唱中国国歌，更是会激动得流下眼泪，而且会产生回家的冲动……"

也因此，每当想起远离祖国侨居他乡的姑姑，我就会想起"胡马依北风，越鸟巢南枝"的诗句来。

近来我们聊得更多的是祖国和家乡的变化，她常说："祖国贫弱时，我们为它焦虑，但我们从不嫌弃，因为'子不嫌母丑'啊，只是盼望它能够好起来；祖国强大了，我们这些华侨走在街上或在外国人面前都挺自豪挺骄傲的，母荣子贵嘛。"记得她在给我的信中说过："外国人的脸是一张晴雨表，欧洲人是很有优越感的，一直以来都瞧不起亚洲人，特别是贫穷的亚洲国家的人。几十年间，中国在不断变化，周围的欧洲人的表情和对我们的态度也在不断变化，从歧视到奚落到怀疑到肯定到赞叹，特别是近几年，外国朋友一见到我就竖起大拇指，称赞中国的进步，而且来家里做客的外国朋友也多了起来。虽然外国媒体负能量的新闻多，但资讯发达了，人们还是可以了解到实情的。"

我常想：与其说姑姑依恋故乡思念故乡，不如说是爱故乡或者说感恩故乡。故乡是根，有根就有依靠，没有根就像浮萍一样，四处漂泊，无所依傍。也因此他们把思乡情怀深深扎根在心里，融汇在血液中。姑姑曾说：在外国，无论你有多成功，或者生活过得有多好，终究没有根的感觉，总会觉得是寄人篱下。她不明白一些文人为什么会在文章中说"故乡有很多个"，在她心里故乡只有一个，那就是中国。她的根在中国，只有根深了，叶茂了，心里才踏实，才有胆气，才能在别人面前挺起脊梁骨来。

夜深了，我的这篇小品文也即将写完，抬头望望窗外，皎洁的月光流泻在宁静的小城上，这才想起今夜又是月圆之夜。忽然联想到杜甫的"露从今夜白，月是故乡明"的诗句，我们和姑姑虽然远隔千山万水，故乡明月却始终是亲情的牵绊。

从经度看，北欧现在应该是白天，也许明天我就能将此文改好，与照片一并发送过去，她也应该是在月夜读此文了。

但愿文章能解脱她的乡思之苦，继而想起故乡明月，更想起故乡春节的热闹来……

蕉岭三及第的"虚"和"实"

　　一篇小文章经过多年的锤炼、打磨，将一个名不见经传的地方小吃打上"国家地理标志""广东省传统特色小吃""广东省非物质文化遗产"的标签，成为小县城的品牌、名片、符号、代名词。并以其独特的历史文化内涵，独特口味，以及巨大的后发效应形成客家特色饮食文化，走出县门，走向广阔天地。这篇文章的能量也太大了。

　　说实话，谈起这篇小文章的经历始末不能不提及桂峰兄，因为他是为这个"偷换概念"的地方小吃"树碑立传"的第一人。第一次读桂峰兄刊登在《梅州日报》的《峰有古讲》专栏里的《三及第》这篇随笔故事的时候，我心中确实有点不以为然的，虽然我们是几十年的好朋友。

　　一个名不见经传的蕉岭本土的客家地方小吃冠以古代读书人心目中至高无上理想的代名词，而且"三及第"名称的前面竟还把地名蕉岭作为修饰和限制，变成了"蕉岭三及第"，简直有点大言不惭，不知"天高地厚"。

未免太言过其实了吧，只是瘦肉、猪肝、粉肠放点青菜煮汤而已，我想。我是个教书匠，对"三及第"这个名词还是熟悉的：及第，科举应试中选。三及第即是三元及第，科举时代乡试、会试、殿试都考中第一名，分别叫作解元、会元、状元，所以又称"连中三元"。三元及第是科举制度下古代读书人渴望得到的最高荣誉，但中国古代所有读书人获得过这一称号者寥寥无几。当时，我特意在稿纸上写上"寥寥无几"几个字，以表示我的怀疑和不理解。

一直想找桂峰兄探讨"蕉岭三及第"的历史渊源和资料佐证问题，可能是因为教学任务繁重或琐事太多，始终没有成行，久而久之也就淡忘了。

本以为桂峰兄写这篇小文章不过是为专栏应景操刀的，一星期一篇也不是件容易的事，写些无关痛痒的文章补补专栏格子也情有可原。谁知他竟一发不可收拾，默默地、不遗余力地做推手，几年过来，真的把虚的给做实了。

真的是匪夷所思，但现实却在强烈地颠覆我的初始认知，我只能用"既成事实"来重新定义：如果说这篇小文章是虚，或者说半虚半实——文章的杜撰是"虚"记述是"实"，那么我后来的经历就应该是"实"的了，也因此怀疑和不理解随之就不存在了。

"随风潜入夜，润物细无声。"这个诗句很恰切地记录了蕉岭三及第由发轫、传承到发展的真实过程。在不露痕迹的时间空间后面，一个来自寻常巷陌中的地方小吃悄然出镜，发出属于自己也属于现实生活的亮光。而这个讯息除让我看到改革开放市场经济的成果及政府勠力宣传推广的决心外，还真正感受到了文学艺术在社会和经济发展中的效果和效应，一篇小文章上市报上省报最后成为特色饮食文化成为网红，让一个地方小吃因此掀动蝴蝶效应，这种效应让我切实感受到了文学的力量、文化的力量。

这是由"虚"转"实"的初步成果。

从实际效果看，可以这样说，蕉岭人的一天是从"三及第"开始的。随着人民生活水平的不断提高，在外面吃早餐逐渐成为蕉岭人的习惯。一座小小的山城专营或兼营三及第的店铺不下百家，每天早上，这些早餐店座无虚席，几间"名店"甚至要排队。回到老家的蕉岭人第一天的早餐一定要到三及第店报到，好像急于要见久别的朋友；外地来蕉岭的朋友、游客竟然把"三及第"作为蕉岭的代名词，并且有"没有吃上'三及第'就没有来过蕉岭"的说法。这种"热度"，这种规模化的呈现可以看出"蕉岭三及第"迅速发展起来的"实"。

梅州市内的各县区就不必说了，我做过调查，挂有"蕉岭三及第"牌子的早餐店遍布梅州市各个县城和大镇，以至于混淆不明就里的吃客的视听。

一次，我们到广州挂钩学校参观学习，第二天早上起床后，学校的校长特意通知我们上校车，在车上他还挺神秘的，不告诉我们吃早餐的目的地。走了十多分钟，在一个有点规模的挂有"蕉岭三及第"招牌的早餐店门前下了车。进得店来，熙熙攘攘的，生意不错，服务员一口蕉岭客家话更让我激动了好一阵子。这时校长才笑着说："这里也有你们家乡的美味佳肴。"校长的有心和用心着实让我们感动。

其实远不止此。在整个珠江三角洲，甚至在肇庆、三亚，我都在那里见过挂着"蕉岭三及第"牌子的早餐店，也都尝了一遍，虽然口味相差甚远，我想恐怕是因为他们的"原料"不是来自家乡的原因吧。尽管如此，我不能不说出一个事实：就客家特色小吃来看，从没有一个像"蕉岭三及第"这样，形成了自己的特色饮食文化并有如此大而广的发酵能量的。

当然，"蕉岭三及第"能有今天的名声绝不是"徒有虚名"的，也不仅仅是我刚才说的"瘦肉、猪肝、粉肠放点青菜煮汤而已"那么简单。还是摘引桂峰兄的文章吧："实际上，'三及第'是一道非常简单的佳味，它的材质由猪肝、猪颈瘦肉、猪粉肠组成。只是对这些食材的要求较高，要新鲜、要嫩。精于此道的食客来到饭店，看清掌刀师傅刀下的猪颈肉新鲜得还在跳动时，才满意放心。'三及第'从食材到烹调，讲究的都是一个'鲜'字。讲究的老板，还要先在头一夜熬好骨头汤，做备用的煲底汤，做出来的'三及第'才能达到鲜美的味道……当然还有营养、文化诸方面的考量。"

"三及第"的名声越来越大，它已经成为蕉岭人日常生活不可或缺的美味佳肴，甚至可以说是寄托乡愁的具有特殊意义的意象，这一点我是深有体会的。记得十多年前，我到广州培训学习三个月，可是不到一个月就生病了，幸得室友悉心照料才逐步好起来。周末的一天，突然想吃"三及第"，而且想得很，甚至为此还找了好几条街，那种好像吃上"三及第"就能找到"家"的迫切感觉是从来没有过的。现在想来，这也不奇怪，在我心里，"三及第"早已经成为游子连接乡愁的"脐带"了。

"蕉岭三及第"由虚而实的经历好像并不曲折，但一篇称得上"发轫之作"的小文章促成了政府的高度重视和大力推广，最后做成一篇让小县城骄傲的"大文章"，这的确是一件很了不起的事。

清明说"艾"

　　如果春天的视野里看不到一片片绿茵看不到茂盛的野草，不能够因此拥有宁静、平和、快乐的心境，生活又有什么意义？这是我偶然翻阅一封一百多年前一位印第安酋长写给美国总统富兰克林·皮尔斯的回信获得的启发。富兰克林要求部落向移民出售土地，被酋长婉拒。

　　南方的初春，乡间的田野上、山坡上，甚至每一条村道、田埂上凡有点泥土的地方都生长着种类繁多的野草，大片大片的绿开始在季节里铺开，仿佛是春天的纤手为干涩枯燥的冬的皮肤轻轻敷上绿韵，又好像是画家快意而又爱惜有加的点染，这是南方乡村特有的初春景象，这也是大自然赐予众生热烈而和谐的生存环境。

　　人类是不会忽视大自然的无私和慷慨的，正如这满眼的春满眼的绿，因为能给予人类太多的愉悦太多的启迪，人类便加以珍惜。所以自古以来，人们因热爱自然而顺应自然，选择绿意盎然的清明节出行踏青，到大自然中去享受春天，享受绿趣，也因此，清明节踏青成为我国民间的传统民俗活动。

踏青，意思是春日郊游，也称"踏春"，旧时曾以清明节为踏青节。杜甫"江边踏青罢，回首见旌旗"描写的就是清明踏青盛况，苏辙也有"江上冰消岸草青，三三五五踏青行"的诗意描写。这个季节，行走乡间，是快乐的，那种扑面而来的绿的清新、舒适和沁人心脾的惬意是除春天以外其他季节不能给予的，为此我曾写过一首题为"郊外"的小诗，或许可以诠释这种惬意和快乐：

初春的诱惑漫上窗来，一群小鸟飞过挑逗的歌声

矛盾的城市，高楼和街道浮躁得不合语法

安宁，只属于永难完成的草稿

踏青去，踏青去，走进绿意裸露的郊外

惬意迅速抵达，它的含义远远超过它的本身

——所有的意象，大于诗

一些人加入踏青的行列，我不认识他们

也无意认识他们，他们的快乐很真实

这就足够——安静的郊外宽阔无比

因为这个原因，今年清明节前，我邀约了几位城里的文友，到老家的乡间小道上、田埂上散步——清明踏青。路上，不必说文友们如何满足于视听里的无限绿意，光是远远近近三三两两提

着竹篮采野草野菜的女人们就让他们激动不已。这也难怪，能够近距离享受田园牧歌式《乡间采艾图》的民俗画怎能不激动呢？画在眼前，人在画中，诗意盎然啊。

"她们是在采摘艾叶吗？"

"是的，清明节了，家家户户都在采艾叶蒸艾粄（bǎn，糍粑一类的米制饼）。"

"哦，太美了！"

随着话题的转换，我们开始谈论起清明的"艾"来。

众多的野草中艾草是最让人熟悉不过的了，特别是清明节前后，艾草在野地里茂盛地生长着，一簇簇嫩绿的叶子顶着晶莹的露珠在阳光下闪动，走出门去，仿佛野外的空气都被这春天特有的艾叶的香味弥漫着、占领着——毋庸置疑，这种浓浓的艾草香确实只有这个季节才能充分展现。

从眼前的艾叶很自然地会联想到艾粄、艾条灸、艾人，我一直以为工具书里一定能查到清明节做艾粄吃艾粄的民间传统习俗和"艾条灸"这一传统中医治疗方法以及端午节将艾人悬挂于门上避邪除毒等有关"艾"的条目。然而查了《辞海》，只找到"艾条灸""艾人"两个条目，而清明做艾粄吃艾粄的习俗却终究没有在"权威"的工具书中找到，只有"艾的嫩叶可以食用"的简单解释。失望之余，我想，或许是因为清明做艾粄、吃艾粄只是南方特别是客家地区才比较盛行的，不属于普遍现象，所以工具书里没有录入，又或许是因为我孤陋寡闻……

但"艾"这种野草很早就已经在我国的文学巨著里出现却是

一个不争的事实，《诗经·采葛》："彼采葛兮，一日不见，如三月兮！彼采萧兮，一日不见，如三秋兮！彼采艾兮！一日不见，如三岁兮！""艾"不但出现在《诗经》的诗句里，还是"一日不见，如隔三秋"成语的出处。关于"艾"的诗句《诗经》里还出现过不少，但都是描写"采艾"的，究竟古人采艾是因为治病呢，辟邪呢，抑或制作艾粄呢，无从考究，然而采艾作为古代爱情诗里的抒情元素和比兴素材却是值得感慨的了。

网络上有不少关于清明做艾粄吃艾粄出处的文字记述，但太多来自民间，缺乏有力的经典佐证，不见得可信。为了拾遗补缺，我只能依据自己的生活经验和引用一些文字做很一般的介绍说明：清明节吃清明粄是流传于客家地区的传统习俗，据说有上千年历史。清明粄又叫"艾粄"，因为是以艾叶和糯米粉为原料制成的；又因为艾叶的青绿色渗入糯米粄里，所以也叫青粄。清明节吃艾粄，主要有几个原因：一是艾叶在清明前后生长茂盛，而且是叶子最嫩、味道最佳、药用功效最好的时候，过了这个季节艾叶就逐渐变老，艾香味也逐渐变淡，所以客家人在清明节前会采摘嫩嫩的艾叶剁碎和在糯米粉中蒸制艾粄这种应节食品。二是南方的春天雨水多，湿寒，艾叶有消食健胃、散寒除湿、抑菌抗毒的作用，而且理气血、温经脉、逐寒湿、止冷痛，为妇科要药。因此客家人有"清明前后吃艾粄，一年四季不生病"的说法，而且此一说法历经了长期的生活实践得以证明，所以客家地区清明节制艾粄吃艾粄的习俗便一代一代传承下来。

艾粄作为应节食品是否与清明节的主打"祭祖"有关我还没

有找到相关依据，但清明节吃艾粄成为客家人的一种思乡情怀却是可以成立的，因为无论身在何处，清明时节，总会让人不自觉地想起这种家乡味道来，并因此而引发游子满满的乡愁。

基于以上原因，艾粄究竟有没有被权威工具书录入已无所谓了，种类繁多的野草能够像艾一样有幸走进《诗经》走进民间的节日，成为应节食品得到传承并被赋予客家独有的清明文化特定意义的应该不多，不必要再说"艾"的其他义项，这些已经可以充分作为艾骄傲的资本了！

而我，正如开篇所写，能经常看到一片片绿茵，看到长满旷野、田间、路边像艾草一样种类繁多的野草，宁静、平和、快乐就能够永远存在于心，我就能在春天的绿和野草意象的内蕴里获得对大自然的尊崇和心灵的皈依，找到生活中实实在在的意义。

黄鳝趣忆

初中时读过鲁迅先生历史小说集《故事新篇》里的《理水》，当时的第一印象是"横眉冷对千夫指"冷峻严肃的鲁迅在这篇甚至是这些历史小说里却是另一副面孔。除他在序言里说的"只取一点因由，随意点染，铺成一篇"的写作思路以外，他还在序言中坦白"时有油滑之处"。但在我看来，"时有"却是鲁迅先生的"谦虚"，简直可以说是通篇充满"油滑"，在古今混搭的故事里油滑得淋漓尽致，仿佛从字里行间突然跳出一个爱插科打诨，油腔滑调的鲁迅。

记不全这篇文章的太多内容了，大概是讲"大禹治水"的，反正感觉通篇都是"水"，泽国一片，汪洋恣肆，通篇都幽默风趣，"油滑异常"的人物、语言、情节，看了就想笑，笑了就想哭。里面的人物倒是忘得差不多了，但有一句话我记得牢牢的："……如果托大人的福，钓到了黄鳝……"这是装模作样的大员们调查水患时一位受灾"代表"说的话，当时就感觉这奴性的辛酸让人想笑又笑不出来。

看完全篇，虽欣赏语言表达的"油滑"，但是心里有点不是滋味，正如鲁迅先生说的"本没有什么好心绪"，但一看到黄鳝这个字眼，不禁又快乐起来，继而联想起孩提时在故乡的一些往事来。

小时候特喜欢"摸螺揭蟹"，在老家，钓鱼、灌老鼠、网鸟、抓青蛙、捕黄鳝……是经常的事。一是为了玩，几个小伙伴假日便"游天野海"，玩个尽兴；二是为了饱口福或者说是增加营养，在那物资紧缺的年代，这些"野味"确实可以算是"美味佳肴"了。

也因此到现在我还记得很多抓捕"野味"的"玩法"，也还记得好几种抓黄鳝的方法。抓黄鳝最佳的时间应该是春天或春夏之交，这时天气回暖，黄鳝冬眠醒来，便出来觅食了。恰巧在这个时候，农村人过完春节，甚至还没过完元宵，就准备春耕的事宜了，他们除了准备播种外，主要的工作就是将晒了一冬的水田放足水将田泥浸透、浸软，然后用铁耙将较大的泥块耙碎、耙烂，等待春耕。这时的泥被"翻"过来了，蚯蚓们和小虫子们被"翻"出来了，冬眠的黄鳝也被"翻"出来了，为了"养田"，田里放满了水，夜晚，黄鳝们便出来在水田里美滋滋地享受美食，当然，它们怎么也想不到等待它们的是生命的终结。

我们在冬天就准备好了夜间捕黄鳝的主要材料——"松光"，即是较多油脂的松木，将它们砍成小块，晒干备用。到了晚上，我们点燃放在"火罩子"（用铁线扎好的像火篮之类的物件）上的松木块，带上黄鳝剪（竹子做的有锯齿形状的剪子，黄鳝表面有黏液，这样的剪子才不会让它溜走）和装黄鳝的鱼篓就出发了，到田里进行大肆猎捕。或许是黄鳝和青蛙之类的生物的眼睛都怕火的原因（当然我并没有研究，大概是如此吧），晚上它们一见火光就伏着不动了，乖乖地等我们"剪"起来装入鱼篓，这是捕黄鳝的第一种方法，也是最不需要技术的方法，我们叫"照黄鳝"，因为是用火去"照"的。后来先进点了，照黄鳝的工具就换成"汽灯"了。这个季节里捕的黄鳝往往较多，运气好的话，每晚都可以抓到数十斤黄鳝，我们便拿到市场上去卖。

钓黄鳝却是个"技术活"，我不行，我弟弟却是钓黄鳝的高手。他知道什么季节用什么钓饵，甚至什么时间用什么钓饵；他看得出黄鳝洞穴哪边是头哪边是尾，知道钓钩应该放在洞头还是洞尾，所以每次钓黄鳝弟弟总是比别人钓得多，因此村里人都叫他"鳝精"。还有一种方法更神奇，我亲眼看过弟弟操作过。他先将鱼篓的口放在洞尾，然后用拳头或脚跟在洞头用力往里压，黄鳝的尾巴会从洞尾慢慢出来，自动退入鱼篓，他告诉我这才是真正的"捉黄鳝"。钓和捉的黄鳝相对比较大，"照"黄鳝是大小通吃的，所以钓和捉来的黄鳝吃起来口感好，而且香。

黄鳝捕回来后，用净水养一两天，把它们肚子里的食物和泥沙"养"干净，我们一般还会在宰杀前两小时左右往养黄鳝的水盆里放点盐或生油，催促黄鳝吐掉肠肚里的残留物。

虽然捕黄鳝钓黄鳝我都不在行，但宰杀黄鳝和炒黄鳝我是拿手的，我弟弟却是不行的了，因为他性子急且不懂得膳食的搭配。

宰杀黄鳝是很有讲究的（我知道这样叙述有点残酷）。现在街上卖黄鳝的摊贩往往会把称好的黄鳝装进袋子里，用木棒将他们"敲"死，然后拿出来洗干净再剖腹清理肠肚，这样做是很不科学的，主要原因是炒黄鳝时黄鳝血要一起放进去，这样味道才鲜美且甜，所以宰杀黄鳝要活宰，黄鳝血才新鲜且不会流光。过去没有宰杀黄鳝的专门工具，只能用菜刀，砧板放在地上，一只脚踩在放成30度角左右的刀把上，一手用大拇指和中指掐住黄鳝的头，另一只手抓住尾巴，从刀尖上拖过去……

最后一道工序是最重要的。宰杀好的黄鳝要放在砧板上用刀板或木棒轻轻捶打，然后拍扁，拍成片状，斩成一块一块。拍扁的主要作用是将骨头敲碎，肌肉拍松拍扁，炒黄鳝时容易熟且味料容易渗入肌肉内，同时吃的时候口感会更好，试想吃切成一筒筒的黄鳝和拍成一片片的黄鳝会有什么不同。也有人比较讲究的，去骨，去头尾，只留中间的鳝肉，我觉得没有这种必要，饭店可以这样做，在家里只有黄鳝比较大时，才去骨，况且黄鳝头还是有药用价值的，剁碎点就行。

在客家地区，黄鳝做菜一般都是用炒的，热油急火，这样才不会腥腻。我在网上看到一种叫作"盘龙"的做法，黄鳝蒸着吃，虽然没有吃过，但感觉做法不够科学，一是很难去腥腻，二是圆滚滚滑溜溜的，想起来就倒胃口。

炒黄鳝也是有点讲究的，客家菜做法基本口诀是"油多锅热味偏咸"。做菜时先要坐锅热油，放葱白、蒜、姜炝锅，出香味时，将拍扁剁成块的黄鳝肉放进油锅里快炒，不要停勺，因为有黄鳝血，容易糊。翻炒至颜色焦黄时放味料、料酒，这样除了去腥合口味以外，还可以给黄鳝染色。现在饭店里炒黄鳝是不会吝啬油的，可以说是油炸黄鳝，将鳝肉炸成焦黄色，先装在盘子里，待青菜配料等炒熟后将熟黄鳝肉倒进去拌匀即可。

放青菜要根据各人的喜好和口味，不必千篇一律，最后一定要放胡椒，因为胡椒避腥，随后盛菜出锅，一盘色香味俱全的炒黄鳝就完成了。记住，吃黄鳝还要趁热吃，冷了是很腥腻的。

农村炒黄鳝一切都就地取材，豆油和青菜是自己家里种的，黄鳝是自己捕来的。炒法刚才已经介绍了，这里介绍几种不同的搭配：韭菜炒黄鳝是最上乘的，黄鳝的甜香配上韭菜的辣香，再加上胡椒"吊味"，让食客无法拒绝，但韭菜不要炒得太熟。还有苦脉炒黄鳝、大蒜炒黄鳝、芹菜炒黄鳝、尖椒炒黄鳝，不用详细介绍了，想一想口水也就流出来了。

据查资料，黄鳝还有药用价值。民间有"小暑黄鳝赛人参"之说，其肉、血、头、皮均可入药，《本草纲目》称其有补血、补气、消炎、消毒、除风湿等功效，可治虚劳咳嗽、湿热身痒、肠风痔漏、耳聋等症。其头煅灰，空腹温酒送服，治妇女乳核硬痛；其骨入药，兼治臁疮，疗效显著；其血滴入耳中，治慢性化脓性中耳炎，滴入鼻中可治鼻衄（鼻出血），外用能治口眼歪斜，颜面神经麻痹。不过，在此声明，我不是医生，这里"涂鸦"的药用价值内容是从网络上下载的，千万别当真，微信即是"微微相信"，也不要定性为虚假广告。

洋洋洒洒地写了一大段文字，但回过头来好像又记不住那么多，除了内心深处泛起思念故乡和少年记忆的感情以外，只是仍然不会忘记那句话："如果托大人的福，钓到了黄鳝……"

漫 谈 鱼 菜

　　大江南北，何处无鱼？更何况是我们江河通畅、湖溪密布的岭南水乡。说到吃鱼，大抵也是无人不喜欢的，"无鱼不成宴"可是我们客家人餐桌上不成文的规矩。

　　我的老家——新铺镇长江村，地处石窟河与柚树河的交汇处，两河汇合形成了土地肥沃、物产丰富的小平原，又因为水源充足，所以历来被称为鱼米之乡。也由于河汊湖溪特别多，因此鱼也就特别多。当然，因为鱼多，鱼的趣事也多，这里先给大家讲一个老家捕鱼的"趣事"。

　　我们可能听过或见过对野禽、野兽的"围猎"，但恐怕很少听到过对鱼类的"围捕"，我相信你们肯定没有经历过这样的"大阵仗"。我的祖屋旁边有一条大水圳，是直通石窟河的，每逢清明前后河里的鱼便会成群结队地从河里逆水往大水圳游，因为这个时候是鱼的产卵季节，它们是游上来产卵的。特别是下大雨发洪水后，水圳里的水满满的，游来产卵的鱼也特别多。清明前后几天，本是春耕最忙的时候，但我们村却像过年一般，全村人放下手头的农活，每天都涌向大水圳：青壮年们穿着短裤衩，早上八点左右便在大水圳的上游里排成好几排，每个人手里都拿着竹子编织的叫"竹罩篓"的捕鱼工具，其实"竹罩篓"是农户院子里关鸡鸭的器具，俗称"鸡擒"。待长辈"开打"的一声令下，队伍由上游开始往下游"围捕"，这时，几十人甚至上百人的捕鱼队伍在黄黄的水中"浩浩荡荡"地投入"战斗"，的确有点"围猎"的味道。看热闹的孩子们跟随捕鱼队伍跑着、叫着，就连老人、妇女们都前来围观，那种大场面确实是难得一见的。每当听到有谁在大喊"抓到了、抓到了"时，岸上的人就会蜂拥而上，看是谁罩住鱼了，趁便祝贺一番，因为有不成文的规定，谁的竹罩篓罩住的鱼就归谁，运气好的人一天能捕上好几条大鱼。这样的捕鱼过程我们老家叫"洗圻"，即是清洗"圳圻"里的大鱼的意思，也有叫"打鲤嬷"的，因为河里上来产卵的主要是鲤鱼。据我所知这种围捕鱼的方法其他地方是没有的，好像只有我们老家才有，当然现在捕鱼的方法都很现代化的了，这种"盛大"的"围捕"场面也就见不到了。

再说回鱼，老家因为得天独厚的自然环境，鱼多，自然吃鱼也多，做鱼菜的花样也就更多，也因此平时我就特别关注做鱼菜的方法，先是喜欢购买有关做鱼菜的烹调书籍，有自媒体后便上网查，而且一有机会就会"偷学"两手，慢慢这方面的知识也就多了起来。

各地吃鱼，因地域和习惯的不同也略有不同，这应该是饮食文化的问题。用料做法不一形成了不同的派别：川菜以麻辣为主，最有名气的是水煮鱼，水煮鱼麻辣鲜香，鱼肉的肉质还能保持嫩滑，是一道吃川菜必点的菜品。鲁菜的鱼菜较出名的是糖醋黄河鲤鱼。厨师在制作的时候，先在鱼身上划刀口，然后放进油锅里面油炸，炸至金黄且鱼头鱼尾都翘起来，最后浇上糖醋汁，鱼肉酥脆香嫩，酸甜的口感很开胃。苏菜同样制作精致，松鼠鳜鱼的名字由来，是它在经过油炸后，鱼头翘起，看起来就像是一只可爱的小松鼠。松鼠鳜鱼被评为江苏十大名菜之一，吃起来皮香肉嫩，很受欢迎。闽菜的红糟鱼一听有点怪，这可能与我们客家饮食有点相悖。红糟是福建一种特色调料，本身带点咸味，用红糟腌制后的鱼肉肉质发红，蒸或者煮，也可以煎的方式制作。浙菜出名的是西湖醋鱼，这是一道传统浙菜，用大草鱼烹饪，烹制时有一定的火候要求，最特别的是它酸酸甜甜的酱汁，吃起来肉质鲜嫩，也很开胃。当然这些资料上记载的我也并没有全部都亲尝过。

本来一直以为"剁椒鱼头"是客家菜，但查资料才发现是湘菜。将剁椒撒在鱼头上面，然后放进锅里面清蒸制成，剁椒鱼头口味鲜香，辣味十足，是吃湘菜必点的一道美食。

八大菜系中的鱼菜最难接受的恐怕就是徽菜的臭鳜鱼。烹饪前将鳜鱼用淡盐水在25℃左右的环境下用木桶腌制，经过六七天后，鳜鱼会发出一股发酵的味道，将其放进油锅里面煎，就跟臭豆腐一样，虽然闻着臭但是吃着香。

客家人由外地迁来，这就先天有了文化汇聚和融合互补的优势，文化上的博采众长成就了客家文化的这个特点，或者可以说是形成了客家文化的一种精神内核。

同样，客家菜归属于客家文化，有博采众长的特点，但又因长期的积累形成自己独有的饮食文化。客家菜以肉料为主，突出主料，原汁原味，也就是讲究食物的原有鲜味，所以制作鱼菜也是这样，不喜欢放过多的调料，一般采用最简单的清蒸或红焖。清蒸鱼的做法简单，将一条鲜鱼清理好以后，用斜刀将鱼表面切交叉状（为了配料容易渗入鱼肉），装入盘中，放上葱姜蒜料酒还有酱油等，放香菜（金不换）是客家鱼菜的特色，然后放进锅内清蒸。也有先把鱼蒸熟，将配料用油在锅里走过，均匀撒在熟鱼上面的做法，这样做的鱼原形本色，味道鲜美。

由于客家人善于学习，善于取长补短，所以鱼菜的做法有很多，名称也就自然多了起来——红烧鱼、油煎鱼、松花鱼、焗鱼头、酸溜鱼、清煮鱼汤等等，"八大菜系"中的鱼菜几乎都会做，除了"红糟鱼""臭鳜鱼"因原料和配料较难选取并且不合客家人口味比较少见以外，融会贯通逐步形成了独特的客家菜系。至于不同的鱼不同做法就更多了，五花八门的，要有一本专著才能介绍完。如果你有机会到客家地区尝一尝"鲜鱼全席"，相信你品尝美味以后一定会赞不绝口的。

而在我们老家，鱼菜可能又更独特了，因为鱼多，反而不知怎么做才好了。老家鱼菜经常是就地取材，家里有什么都可以拿来当作配料，所以有萝卜炆鱼、蒜头炆鱼、酸菜炆鱼、冬瓜炆鱼、芋头炆鱼、咸菜鱼头汤、青菜鱼头汤等等。

　　记得父亲最喜欢油煎鱼（煎鱼不是炸鱼，那个年代没有那么多油，煎鱼一般用豆油），因为小时候经常看他做，所以也记得一些步骤：首先将鱼切块，用盐、酱油、豆油、胡椒等佐料腌制一两个小时，腌制后鱼肉肉质紧密，油煎时不容易碎。然后用筷子夹住鱼块慢慢放入热油锅中，千万不要把腌汁倒进去了。火候是很有讲究的，一阵中火后，一定要小火伺候，慢慢煎，翻锅时也要慢慢翻，以免损坏了鱼皮。父亲喜欢做咸点，说这样才香。客家人有"淡就甜，咸就香，焦就温补"的说法。

　　客家鱼菜还有一种传统做法是"打鱼丸（鱼饼）"。小时候看过手工打鱼丸的，因为好奇，有时一看就是一个时辰。看师傅打鱼丸的全过程简直就是一种享受，师傅先将鱼骨剔除，用刀将鱼肉切碎，然后就用刀剁了起来。我以为师傅会就用刀将鱼肉剁烂，谁知过一会他从柜子里拿出两把打鱼丸的工具来，原来打鱼丸是用两把类似"镇纸"的铁制工具，钝口的，很像古时书塾先生打手的戒尺。师傅将工具洗干净后剁了起来，其实用的动词也不叫剁或打，而叫"捶"，所以鱼丸又叫"捶丸"，是捶出来的。要是夏天，师傅脱掉上衣，光着膀子，用两把"铁刀"一左一右拿捏好力度"捶"起来，随着肩膀和上身摆动，结实的背肌、臂肌、胸肌起落不断颤动，汗水从发光的背上淌下来，男人的力与美充分体现出来，好看又带劲。鱼肉捶成胶状后用盐、胡椒等佐料及薯粉搅匀，将鱼肉握在手心，在大拇指和食指间挤出过年"煎丸"大小的肉球，小心地用汤匙舀在摊有香蕉叶或豆腐皮的小竹筛上，放锅里蒸熟即可。食用时在锅里放水和鱼丸，煮熟后加味料和葱花、芹菜、香菜之类的，舀在碗里，清香扑鼻。也有将挤出的鱼丸直接下到滚烫的汤锅里煮熟的，我们叫"水丸子"。

"捶丸"是传统的做法，其实我认为主要还是因为旧时没有电，没有电器加工，所以鱼肉要用手工去"捶"，不过现在用电器加工搅烂的鱼丸和手工制作的"捶丸"确实是两回事，那味道和口感完全不同。现在市场上还有手工鱼丸卖，不过价格要贵得多。

"鱼菜"讲了那么多，要知道客家美味的鱼菜味道，还是要亲自到客家地区，特别是到寿乡蕉岭尝一尝，这里的鱼可都是富硒水养大的哦。

闲话梅菜扣肉

　　纵使是名人也不免说一些违心的话，比如东坡先生说过"宁可食无肉，不可居无竹"，我总觉得他说这话是违心的。或许他只是为了表达一下文人的心迹——用竹与肉这两个选择性意象进行比较跟先贤们抑或世俗较个真，并不是真的是那么绝对，不然的话，肥肥实实、入口即化的"东坡肘子""东坡肉"也就无从解释了。

　　我是"不可一日无肉"的，特别喜欢肥一点的肉，所以对我们客家地区的梅菜扣肉情有独钟。因为在我的心目中，最纯正的家乡味道应该算是梅菜扣肉了。毋庸置疑，梅菜扣肉是一道客家名菜，也是我们蕉岭本地的传统特色美食。我们可以从现实的表象上去看，在寿乡蕉岭，无论是高档酒楼还是路边小店，你只要点这道菜，经理或服务员一定会说有，你品尝以后也一定不会失望，而且大街小巷的每一家卖客家长寿食品的熟食店里，橱窗内也一定摆放有这道美味的梅菜扣肉。

梅菜扣肉以香而不浊、肥而不腻、爽滑可口、味道纯正而久负盛名。虽然食材选料是肥瘦夹杂的五花肉，但肉中的油腻全渗到梅菜里边，不仅肉块吃起来不怎么油腻，而且连梅菜都有了肉的香味，既让人解馋，又让人回味无穷。

　　小时候由于物资匮乏，平日里吃梅菜扣肉简直是奢望。只有春节，父亲会做几碗梅菜扣肉让我们解馋，但一般都是等到元宵过后，等家乡新年必做的"鸭肉炖猪脚、香菇""娘酒鸡"吃得差不多了，它才"出炉"。因为扣肉里有腌制的梅菜，贮藏的时间会比较长，不易变质。平常日子难得吃上梅菜扣肉还有另一个原因，那时候生产队每个月才宰杀一次"公有私养"猪，全村人均分，每人最多也就分得几两。寻常人家都希望分到带"猪中标"的肥肉，因为可以煎油，那可是要吃上一个月的猪油。做梅菜扣肉的食材虽然只是五花肉，但也可将肥一点的猪肉割下来煎油，所以不可能为了做梅菜扣肉而"浪费"珍贵的肥肉。家常菜里的荤腥除节日杀个鸡鸭或平时煎个蛋奢侈一下以外，顶多是"猪油渣"蒸咸菜、炒包菜，不过这已经够美味了。那时的猪骨和猪内脏是没有几个人要的，愿意要的可以分双份，但为了食油大家只能"忍痛割爱"。当然，现在就不同了，不是怕没有肉吃，而是怕吃得太多，吃坏了身体，肥肉就更不用说了。

　　其实梅菜扣肉的做法既简单又独特。首先是选梅菜和选五花肉，将腌制好的梅菜洗净切成细段，几蒸几晒后，待色香俱全，用草纸包好放入瓦瓮中贮藏。做扣肉时，再将菜干放入清水中浸泡四至五个小时至爽口、淡口后用豆油煸炒备用。选上好的五花肉,将五花肉皮表面用刀刮干净或用明火烧附着在皮上的"毛菇",切成方块,凉水下锅,煮透捞出,趁热在猪皮上上一层老抽、蜂蜜或糖汁之类的佐料,然后猪皮向下,放入烧热的花生油锅里炸,炸上色(金黄色)时捞出,客家地区还将猪皮炸成虎斑状,所以叫"虎皮扣肉"。炸好后放入净水盆内泡软,最后切成三至四毫米厚的大肉片,但皮不切开。料备齐了,再往锅中放底油,倒入八角、桂皮、冰糖、葱段、姜片等煸炒,随后倒入料酒、酱油炒匀,注入适量清水煮开。待汤开后,放入肉块,用小火一直焖烂为止。最后一道工序是把烧好的五花肉皮朝下平整放入碗中,上面铺上一层准备好的梅菜干,再倒入原汤,上笼蒸透。走菜时滗出原汤,把肉反转扣在盘中即可。

梅菜扣肉制作过程的关键在一个"扣"字,倒扣。肉先放在碗里上屉蒸,然后将蒸好的一块块粘连的黄褐色猪肉倒扣盘中,肉在上,烂得"哆哆嗦嗦"的,梅菜在下,色香味俱佳,诱人馋意。梅菜扣肉与同是五花肉为主料的北方看家菜红烧肉相比,很容易比出个高下来。红烧肉入口即化,"哧溜"一下就滑入肠胃里去了,还没有品出味道来呢,味蕾可是在舌上口中啊,而且吃多了会觉得油腻;梅菜扣肉就不同了,它的特点是肥而不腻,口感好,味道美,且更有嚼劲。

现在的逢年过节,家家餐桌上是少不了梅菜扣肉的,除开味道极佳外,选料容易也许是其中的原因:梅菜干是自己栽种和制作的,且制作工序非常简单;五花肉比起瘦肉和排骨的价格来比较便宜,纵使是过去生活较困难时期,一年一节招待客人的饭桌上这种菜还是有的。

近年来，由于生活水平的不断提高，物资越来越丰富了，过去难得吃到的梅菜扣肉如今都算是平常不过的家常菜了，人们的口味也变得越来越刁了，扣肉的种类也就多了起来，除了梅菜扣肉，还有茶树菇扣肉、笋干扣肉、香芋扣肉等等。

在外地工作的蕉岭人，过完节日返城时一定会随身带几碗梅菜扣肉，送朋友、送亲戚，或者自己留着，放在冰箱里，慢慢品味，这样便多了一些对家乡对父母亲人的念想；在老家的父母，也会时不时快递些梅菜扣肉或肉丸之类的家乡特产给城里的孩子们，一并送去的还有父母的关怀和爱。也因此，梅菜扣肉不仅仅有纯正的家乡味道，还饱含着思乡、思念亲人的情怀和浓浓的乡愁。

说起这道菜，有几个人我是必须要提及的。一个是我的美术师傅汤老师夫妇，因为他们待我和妻子如自己的子女一般，所以我们都叫他们"汤爸""汤妈"，虽然他们已经相继离世，但我们依然怀念他们；一个是我妻子的姑姑，她是善良慈祥且特别爱子女的好长辈。他们都知道我喜欢吃梅菜扣肉，所以每次到他们家里做客，一定会亲自做这道菜，还特意多做一些，让我们带回去。

关于梅菜扣肉的传说，蕉岭县的版本有很多，可大都与神仙有关，这自然是不可信的。我觉得梅菜扣肉成为客家名菜，应该是勤劳而智慧的客家祖先在生产生活过程中不断实践总结出来的。

趣说"打糍粑"

过年了，又想起了老家的糍粑，当然也想起那些久未见的儿时玩伴和那些渐渐远去的快乐时光。

其实，客家美食中的特色小吃数以百计，何以独独记忆起糍粑来呢，好像只有它才能充当与故乡连接的"脐带"似的，这似乎有点不大合乎情理了，但如果你回想一下儿时数着时日等待打糍粑的那种充满期待的心情，以及吃上让你难忘的香甜可口、软糯韧道的糍粑时的感觉，也许你就会同意我的观点了。

小时候特别爱看大人"打糍粑"，有两个原因：一是看大人打糍粑简直就是看一场"大戏"。打糍粑一般两个及以上人操作。一个人蹲在石臼旁边，一旁放一盆冷开水，不时将臼里刚蒸好的热气腾腾的糯饭翻转，好让它们在石臼里受力均匀；一个人或几个人手拿棒槌依次反复在石臼内不停地使劲杵捣，棒槌起起落落，富有节奏感，像节律匀称的打击乐。这声音能传出很远，所以也就能吸引嘴馋的联想丰富的孩子们不断前来

"观看"，有时甚至能将打糍粑的小房子挤得满满当当的。二是因为我们家乡有一个不成文的规定，打糍粑时主家要给前来观看的小孩每人一小撮粘着白糖和芝麻的糍粑，不过要等到糍粑打完，而且只是"一小撮"。

当然，吃是一回事，更有意思的是大人打糍粑的姿势和整个过程：拿棒槌的大多是有力气的年轻小伙子，因为要使劲杵捣，所以流汗是少不了的，怕汗水滴到糍粑上，每个人的脖子上都挂着一条毛巾，我一直认为，挂上毛巾就让这种粗重的活计有了文化，因为他们有点像电影里的演员，这种场面也像电影中的画面。杵捣的人为了更好用力，都要翘起屁股，跟着棒槌的起落俯俯仰仰，有时为了协调还喊着"嘿哟嘿哟"统一的号子，喊声阵阵，捶声点点，这种既有仪式感又有情趣的工作，好看而且好听。

观看蹲在石臼旁翻熟料的人也是非常有意思的，这活可是手脚快的人才能胜任的，因为既要将熟料翻转受力均匀，又要防着棒槌，而且熟料又特别烫，双手时不时要沾冷开水"降温"，有时我们生怕棒槌落在他的手上，双眼紧瞪着他的手，看得有些胆战心惊的。

糍粑不但是有名的客家特色小吃，而且还有特别有意思的传说：相传春秋战国时期，楚国的臣子伍子胥为报父仇投奔吴国，帮助吴王阖闾坐稳了江山，成了吴国的有功之臣。不久，他实现了自己的宏愿，率领吴兵攻破了楚国京城郢都，掘楚王墓鞭尸以报仇雪恨。此后，伍子胥受封申地。可是此后，伍子胥整日闷闷不乐，他自知自己结怨甚多，恐日后有人难以容他。回营后，便对自己的亲信说："大王喜而忘忧，不会有好下场。我死后，如国家有难，百姓受饥，在相门城下掘地三尺，便可找到充饥的食物也。"不出伍子胥所料，他去世后不久，越国勾践乘机举兵伐吴，将吴国都城团团围住。当时正值年关，天寒地冻，城内民众断食，饿殍遍野。在此危难之际，人们想起了伍子胥生前的嘱咐，便暗中拆城墙挖地，人们惊奇地发现，城基都是用熟糯米压制成的砖石。原来，这是伍子胥在建城时将大批糯米蒸熟压成砖块放凉后，作为城墙的基石储备下来的备荒粮。人们不禁感叹伍子胥的先见之明。大家将糯米砖石掘起，敲碎，重新蒸煮，分而食之。后来，人们每到年底，便要用糯米制成像当年"城砖"一样的糍粑，以此来祭奠伍子胥。

这个传说多少带有对忠臣的崇敬引发的想象，可糍粑确实是南方各地人民每年冬至或春节前必做的美食。糍粑的形状各有不同。有的地方将糍粑制作成圆形，有大有小，象征着丰收、喜庆和团圆；有的做成方块或长方体，说是做人方方正正，像伍子胥。有的地方糍粑又称为年糕，这一名称也是寓意吉祥如意，人们常说："年糕、年糕，年丰寿高"。客家人一直延续着"打糍粑"的传统，每年冬至日或春节前家家户户都制作糍粑，也因此，糍粑便成了客家特色小吃。

制作糍粑在客家地区被称作"打糍粑"，记得小时候，每年春节前一个月家家户户便碾好糯米，备好干柴，准备做糍粑。孩子们自然是从这一天起便巴巴地望着、等着，隔三岔五还会故意问一问：春节还有多久哇？

蒸煮糯米是"打糍粑"的第一道工序，将用清水浸泡 24 小时的糯米洗净后放入一个特制的木桶内，盖上桶盖，讲究的还要在盖沿垫上毛巾或布条，以防"漏气"。然后放在大灶里蒸煮三到四个小时，待糯米完全蒸熟后，将其快速放入石臼内用棒槌反复杵打和搅拌成泥状，直到蒸熟的糯米粘在一块形成一个大饼时，"打糍粑"工序才算基本完成。

刚打好的糍粑极有韧性，用手一拉能拉成长长的条，这个时候，人们都会将事先准备好的熟芝麻拌上白糖的调料端上，将糍粑沾上芝麻和糖，咬上一口，那种糯米的香气和芝麻糖的香甜，让人久久回味。

其实糍粑还有另一种做法。主要是因为"打糍粑"比较辛苦，需要的人手又多，所以有些人手不够的家庭便用另一种做法：先将糯米浸泡几个小时，然后用石碓捣成小米粒状，不要捣成粉末，放在铜盆里按平蒸熟，在上面撒上白糖和芝麻，最后切成小块。我们老家把这样做出来的糍粑叫"假糍粑"，香味和韧劲是远不如"打"出来的糍粑的。

糍粑做得多，一时吃不完的就用清水浸泡在水缸内，这样可以储藏两至三个月都不会坏，到插秧时仍然有糍粑吃。

糍粑是用糯米蒸熟捣烂后再经传统工艺制成的一种食品，不但柔软细腻，香甜可口，食用方便，而且糯米中含有蛋白质、脂肪、糖类、钙、磷、铁、维生素 B，及多量淀粉等营养成分，可以补中益气、养胃健脾，具有养肝、养颜、润肤等功效。

　　过去一到冬至便天天盼着打糍粑，以解馋意，如今生活改善了，家乡很少有人打糍粑了，但糍粑却成了商品。无论什么时候，只要想吃糍粑，到街上特色小吃店去，就可以买到香甜可口的糍粑，当然大多都是"假糍粑"。

　　有时，坐在家里，还经常听到小贩走街串巷卖糍粑的叫卖声，不过现在的糍粑大都是机器打的，用传统做法"打糍粑"的已经很少见了，它正和"爆米花""捶肉丸"等传统手工食品加工业一起退出历史舞台，而那种仅存于儿时记忆里的"趣味"也就随之慢慢消失了。

后　记

　　故乡的石窟河是历史时空里一条明亮的水线，我就是她用时间穿起来的万千水珠子中的一粒，很小，但，很具体，也很真实。

　　河水里不但流淌着爱和记忆，还流淌着智慧、精神和品质，更流淌着生活的哲思，我能从浪花里听出，也能从波纹里看到，所以，我始终愿意将视听里获得的一切意象虔诚而谦卑地表达出来。

　　石窟河常常蹲下身来轻轻地真情地向我述说往事，我懂得珍惜，更懂得感恩。作为河流的儿女，我有责任让她更加清澈透明，更加温情柔顺……

　　于是，我会继续用我的心和笔……